Eine Magd in Arcady

Ralph Henry Barbour

Writat

Diese Ausgabe erschien im Jahr 2023

ISBN: 9789358810929

Herausgegeben von
Writat
E-Mail: info@writat.com

ICH.

Das klare Wasser des kleinen Flusses, in dem sich die Weiden zitternd spiegelten , wurde dort flach, wo ein winziger Streifen aus silberweißem Sand die Wellen beiseite drängte. Der so begrenzte Bach schmolz einen Moment lang in einem tiefen, durchsichtigen Teich und strömte dann mit plötzlichem Rauschen und Gurgeln durch eine Miniaturenge und wirbelte um die nackten Wurzeln der Weiden herum.

Der Bach schmolle in einem tiefen, durchsichtigen Becken.

Mit einem schnellen Schlag des Paddels steuerte Ethan das Kanu an der bedrohlichen Stange vorbei. Ein herabhängender Ast strich ihm liebkosend über das Gesicht, als das Boot das stille Wasser dahinter erreichte. Hier schlenderte und plätscherte der Fluss, als ob er seine Ungeduld bereute, um eine riesige Granitschüssel herum, zerrte spielerisch an den wogenden Farnen und warf funkelnde Tropfen auf das samtige Moos . Links teilte sich der Waldrand, der in freundlichem Geschwätz dem kleinen Fluss eine Viertelmeile lang gefolgt war, wo ein zweiter Bach, kaum mehr als ein Bach, ruhig in den ersten mündete. Der Fluss wurde verstärkt, weitete sich ein wenig und floss langsam und musikalisch unter den herabhängenden Ästen weiter, abwechselnd von der Sonne bespritzt und im Schatten, bis er an einer fernen Biegung verschwand. Aber das Kanu folgte nicht. Stattdessen schaukelte es träge am Bowler vorbei, während sich die Wellen sanft an seinen glatten Seiten brachen.

An den Stamm einer alten Weide, die im Herbst ihre Blätter auf die weiße Sandbank fallen ließ, war ein wettergraues Brett genagelt, auf dem in verblassten Buchstaben stand:

PRIVATBESITZ!

Kein Betreten!

Ethan beobachtete die Warnung nachdenklich. Im Hinblick auf sein späteres Vorgehen ist ihm dieses Zögern zu verdanken. Schließlich drehte er mit einem schwachen Lächeln im Gesicht die Nase des Kanus in Richtung des kleineren Baches und drehte dem Schild den Rücken zu.

Hätte man ihn beobachtet, hätte man ihm kaum zugetraut, dass er vorsätzlich das schreckliche Verbrechen des Hausfriedensbruchs begehen würde. Sein gutaussehendes Gesicht hatte etwas, das Ehrlichkeit verriet. Zumindest wäre es schwierig gewesen, ihm hinterhältige Methoden anzulasten; Es schien einfacher zu glauben, dass er, wenn er jemals ein Verbrechen begehen würde, dies auf eine so überaus offene und ehrliche Art und Weise tun würde, dass es der Straftat um die Hälfte beraubt würde. Nicht, dass sein Gesicht irgendetwas von klassischer Schönheit an sich gehabt hätte. Seine Augen hatten einen braunen Farbton, seine Nase war vielleicht ein wenig zu kurz, um den Standard der Griechen zu erreichen, und sein Mund, der von keinem Schnurrbart verdeckt war, erinnerte nicht im Geringsten an einen Amorbogen . Sein Kinn war aggressiv. Im Übrigen hatte er die übliche Menge an Haaren in einem nicht ungewöhnlichen Braunton und zeigte, wenn er lachte, was keineswegs selten vorkam, ein Paar sehr weißer und sehr gut aussehender Zähne. Und doch wiederhole ich mein früheres Adjektiv; er sah gut aus; sah auf eine gesunde, offene, fröhliche und eher jungenhafte Art gut aus, die überaus befriedigend war.

Wenn das Schild an der alten Weide richtig war und er wirklich Hausfriedensbruch begangen hat, habe ich keine Entschuldigung vorzubringen, oder zumindest keine, die mir mein Gewissen erlauben würde. Ich kann ihn nicht auf Unwissenheit berufen, aus dem einfachen Grund, weil er das Schild gesehen und gelesen hatte und alles über Hausfriedensbruch wusste – oder so viel, was in dem dreijährigen Kurs an der Harvard Law School gelehrt wurde, den er war erst vor knapp zwei Wochen fertig geworden.

In der Zwischenzeit hat er das Kanu leise den gewundenen Wasserweg entlang geschickt, das Paddel mit leichten, rhythmischen Schulterbewegungen eingetaucht, das Ruder durch das klare Wasser nach hinten geschoben und es blitzend und tropfend für den nächsten Schlag nach hinten geschwungen. Er hatte seine leichte Stoffmütze auf den Boden des Kanus geworfen und seinen Mantel über eine Ruderbank gelegt. Das Sonnenlicht des Sommermorgens, das schräg durch die Zweige fiel, webte schnell verschwindende goldene Muster auf sein braunes Haar. Die leichte Brise, die nur einen Hauch von Südwesten wehte und nach feuchter, sonnenerwärmter Erde und Grün duftete, bewegte das hauchdünne weiße Hemd, das er trug, und legte es in Falten unter den erhobenen Arm.

Der Bach war ziemlich flach; Überall war der Kieselboden zu sehen. Es war ein wunderlicher Bach voller plötzlicher Wendungen und Windungen ; Sie umrundeten winzige Vorgebirge aus Erlen und Schafbeeren, tauchten in stille Buchten ein, in denen Buschgeißblätter ihre Süße aus ihren blassgelben Trichtern tropften , und umrundeten geschwungene Strände aus weißem Sand, an denen stehende Armeen violetter Flaggen steif in Haltung standen und die Invasion der Eifrigen, Schwankenden zurückhielten Farn-Gesindel.

Zu diesem Zeitpunkt hatte er mehrere hundert Meter gegen die langsame Strömung zurückgelegt, und jetzt war eine deutliche Veränderung im Laubwerk an den Ufern zu erkennen, sogar an den Ufern selbst. Der Kunstgriff hatte der Natur geholfen. Rosa, weiße und gelbe Lilien säumten den Bach, während sich in einiger Entfernung eine schlanke, anmutige Steinbrücke von Ufer zu Ufer wölbte. Woodbine drängte sich darum und warf kühle, zitternde Blattschatten auf die sonnenbeschienenen Steine. Der Bogen umrahmte einen bezaubernden Ausblick auf den dahinter liegenden Bach. Das Kanu glitt geräuschlos unter der Brücke hindurch und der Schattenstreifen blieb für einen Moment dankbar auf Ethans Gesicht liegen. Auf der linken Seite gab es einen kurzen Bruch im Laubwerk und einen kurzen Blick auf eine weite Fläche samtigen Rasens. Dann drehte sich noch einmal, das Kanu streifte die breiten Seerosenblätter beiseite, und das Ende der Reise war gekommen, und er saß mit regungslosem Paddel da und blickte gebannt zu.

II.

Die Ufer des Baches fielen plötzlich auf beiden Seiten ab und das Kanu glitt langsam und sanft in einen Miniatursee. An seiner breitesten Stelle war es vielleicht zwanzig Meter breit und viel länger. Gelegentlich warf ein weit ausladender Ast zitternde Schatten auf das Wasser, aber zum größten Teil standen die Bäume vom Rand des Teichs zurück und ließen den frischen grünen Rasen ungehindert bis zum Rand des Wassers herabsinken. An einer Stelle, die am weitesten von der Stelle entfernt war, an der Ethan eingetreten war, stürzte ein kleiner Wasserfall herab. Auf allen Seiten fiel das Gelände leicht an, und an einer Stelle krönte eine Gruppe Lärchen den Gipfel eines Hügels und vermischte ihre zarten Zweige weit über den benachbarten Ahornbäumen. Fast verborgen zwischen ihnen ließ ein unsicherer Schimmer von Weiß, der sich augenblicklich durch die Bäume auf der rechten Seite verfing, ein Gebäude vermuten – vielleicht den Marmortempel der Gottheit, die, mit nackten, in Sandalen gekreuzten Füßen vor sich am Ufer sitzend, das beobachtete Eindringling mit ruhiger, verträumter, fast lächelnder Unbekümmertheit.

Es war eine wunderschöne Szene, in die Ethan hineingeschwebt war. Über ihnen war ein blauer Himmel, an dem ein paar weiche weiße Wolken scheinbar regungslos hingen, als hätten sie sich wie Narzisse in ihre Spiegelbilder im Teich dort unten verliebt. Auf einer winzigen Insel im Becken streichelten Zwergweiden mit den Spitzen ihrer herabhängenden Zweige das Wasser. Weiter unten sonnte sich ein Trio weißer Schwäne, und am Rande war der Busen des Teiches mit Seerosenblättern bedeckt und mit einer Vielzahl duftender Blüten übersät, weiß, rosafarben, karminrot, blassviolett, schwefelfarben und blau . Die Gazeflügel der fliegenden Libellen fingen das Sonnenlicht ein, Insekten schwebten über den Blütenbechern und in den Zweigen um sie herum sang so mancher gefiederte Sänger aus vollem

Herzen . Und als Hintergrund gab es immer das abwechslungsreiche Grün der umstehenden Bäume.

Ja, es war sehr schön, aber Ethan hatte keine Augen dafür. Während das Paddel immer noch zwischen Dollbord und Wasser hing, starrte er die Gestalt im Gras auf eine Weise an, die gleichzeitig Überraschung, Neugier und Bewunderung ausdrückte. Und welches Wunder? <u>Wer hätte gedacht, unter dem Himmel Neuenglands eine griechische Göttin zu finden?</u> Ethans Gedanken kehrten zur Mythologie zurück und er suchte nach einem Namen für sie. Diana? Minerva? Venus? Iris? Penelope?

Und die ganze Zeit über – trotz der Erzählung nur eine sehr kurze Zeit – wanderten seine Augen von den Sandalenfüßen bis zu dem warmen braunen Haar mit der goldenen Borte. Ein einzelnes, strahlend weißes Kleidungsstück reichte von den Füßen bis zu den Schultern, wo es auf beiden Seiten mit einer Metallspange zusammengehalten wurde. Die Arme waren nackt, jugendlich schlank und leuchteten im Sonnenlicht. Und doch kehrte sein Blick jedes Mal zu den Augen zurück. „Minerva!" Seine Gedanken triumphierten: „„Minerva, Göttin mit den azurblauen Augen!"" Und doch wusste er im nächsten Augenblick, dass sie, obwohl ihre Augen unbestreitbar blau waren , keine weise Minerva war. Diese jugendliche Sanftheit gehörte eher Iris oder Daphne oder Syrinx.

<u>Wer hätte gedacht, unter dem Himmel Neuenglands eine griechische Göttin zu finden?</u>

Und die ganze Zeit – nur die kurze Zeit, die das Kanu brauchte, um vom Bach weit in den Teich zu gleiten – hatte sie ihn ruhig mit ihren tiefblauen Augen betrachtet, ihre bloßen Arme, die bis zum Gras hinabgestreckt waren und sie aufrecht stützten Haltung, die auf kürzliches Liegen schließen lässt. Und jetzt, als das Fahrzeug die Seerosenblätter beiseite schob, sprach sie.

„Haben Sie keine Angst vor dem Groll der Götter?" sie fragte ernst. „Es ist für einen Sterblichen nicht klug, uns anzusehen."

„Ich sehne mich nach deiner Gnade, oh schöne Göttin", antwortete er. „Die Schuld liegt eher bei meiner winzigen Argosy, die mich, angetrieben von unsichtbaren Händen, hierher gebracht hat. Ich bezweifle nicht, dass die Götter mich verzaubern." Er klopfte sich im Geiste selbst auf die Schulter; Für ein Improvisation war es gar nicht so schlecht!

Sie beugte sich vor und vergrub ihr Kinn in der Handfläche, während sie ihn aufmerksam betrachtete, als würde sie über seine Worte nachdenken.

„Vielleicht ist es so", antwortete sie sofort. „Wie nennt man Ihr gebrechliches Gefäß?"

„Von dieser Stunde an, viel Glück." Ihr Blick senkte sich.

„Wirst du dich herablassen, mir deinen Namen zu nennen, oh strahlende Göttin?" er machte weiter. Sie hob wieder den Blick und es schien ihm, als spiele für einen Moment ein kleines Lächeln über ihren roten Lippen.

„Ich bin Clytie", antwortete sie, „eine Wassernymphe. Ich wohne in diesem Pool. Und du, wie heißt du?"

Er antwortete bereitwillig und ernst: „Ich bin Vertumnus, so in sterblicher Gestalt gekleidet, dass ich die Anwesenheit von Pomona gewinnen kann. Lange habe ich sie umworben, oh Nymphe des Teiches."

„Auch ich liebe unerwidert", antwortete sie traurig. „Apollo hat mein Herz. Obwohl ich Tag für Tag zusehe, wie er seinen feurigen Streitwagen über den Himmel fährt, sieht er mich nicht."

Sie stand auf und wandte ihr Gesicht der Sonne zu. <u>Langsam hob sie ihre weißen Arme</u> und streckte sie in tragischem Appell aus.

"Apollo!" Sie weinte. "Apollo! Hör mich! Clytie ruft dich!"

In ihrer Stimme sprach eine solche Leidenschaft und melancholische Sehnsucht, dass Ethan unwillkürlich erregte. Unbewusst folgte sein Blick ihrem Blick zu der lodernden Kugel. Das Licht blendete seine Augen und blendete ihn für einen Moment. Als er wieder zum Ufer blickte, war es leer, aber zwischen den Bäumen am Hang flatterte ein weißes Kleidungsstück und verschwand.

„Clytie!" rief er plötzlich bestürzt. Und wieder.

„Clytie!"

Eine Walddrossel in einem nahegelegenen Baum ertönte in goldene Melodien. Aber Clytie antwortete nicht.

III.

Das Roadside Inn in Riverdell erstreckt sich entlang der alten Poststraße, über die vor vielen Jahren die Busse zwischen New York und Boston schwankten und klapperten. Das Roadside, damals als Peppit's Tavern bekannt, hat sich kaum verändert. Im vorderen Raum über der Veranda waren namhafte Gäste zu Gast: Washington, Hancock, Adams, Lafayette und viele mehr. An den Fenstern der Schankstuben finden Sie möglicherweise noch immer die mit Diamanten gravierten Initialen vergangener Berühmtheiten. Und viel von der Atmosphäre der alten Zeit ist geblieben.

Der Raum, in den Ethan nach seiner Rückkehr von seinem Abenteuer in Arcady seine Tasche gebracht hatte, war niedrig und dunkel. Die beiden kleinen Fenster, eines mit Blick auf den heruntergekommenen Obstgarten im hinteren Teil und den kleinen Fluss dahinter, das andere gaben den Blick auf die murmelnden Tiefen einer großen Ulme frei, spendeten wenig Licht. Der Boden war herrlich uneben; Ethan ging bergab zum Waschtisch und wieder bergauf zum alten Mahagoni-Kommode. Auf dem breiten Kamin standen ein Paar antiker Feuerböcke, die bei vielen Besuchern begehrt waren, und das schmale Regal darüber war mit einem ebenso begehrenswerten Kerzenständer aus Messing und ein paar undurchsichtigen weißen Glasvasen geschmückt, die, so alt sie auch waren, das Regal später datierten sich um ein halbes Jahrhundert. Das Bettgestell aus Mahagoni mit rollbarem Fußteil hatte Zugeständnisse an die Moderne gemacht. Die seitlichen Heringe, an denen einst Seile gespannt waren, blieben erhalten, aber eine moderne Drahtfeder- und Haarmatratze hatte die alten Möbel ersetzt.

Ethan zündete sich eine Zigarette an, öffnete den Gurt seiner Tasche und holte eine Ledermappe heraus. Mit diesem auf dem Knie setzte er sich an eines der offenen Fenster und kritzelte eine Notiz.

„Lieber Vin, ich schicke meinen Mann Farrell mit der Maschine zu dir mit der Anweisung, sie dir zur Verfügung zu stellen. Nutzen Sie es, so viel Sie können. Ich denke, jetzt ist alles in Ordnung, obwohl es uns heute Morgen etwa zwei Meilen nördlich von hier erwischt hat. Komischer Ort, an dem es platzen konnte, nicht wahr? Sieht so aus, als hätte es bedeutet, dass ich hier einen Besuch abstatte, nicht wahr? Nun, ich mache mir darüber lustig. Ich habe beschlossen, ein oder zwei Tage hier am Roadside zu bleiben. Ich möchte die Mythologie etwas auffrischen. Sehr interessantes Thema, Mythologie, Vin. Wann genau ich der Maschine folgen werde , kann ich noch nicht sagen; möglicherweise in ein oder zwei Tagen. Entschuldige mich bei deiner Mutter und deinen Schwestern; Erfinde eine beliebige Geschichte, die dir gefällt. Man könnte zum Beispiel sagen, dass Vertumnus, der launische Gott, seine Zuneigung von Pomona auf eine Wassernymphe übertragen hat. Aber Sie brauchen es nicht, wenn Sie es lieber nicht möchten. Es ist mir egal, was du sagst. Erwarte mich, wenn du mich siehst.

"Dein,

„ ETHAN .“

Mit einem Lächeln, als er an die Verwirrung seines Freundes dachte, als er die Notiz las, faltete Ethan sie zusammen und steckte sie in einen Umschlag. Dann adressiere ich es an „Mr. „Vincent Graves, The Boulders,

Stillhaven , Massachusetts", versiegelte er es, steckte es in seine Tasche und machte sich auf den Weg nach unten zum Abendessen.

Nach dem Abendessen tuckerte ein großer blauer Tourenwagen südwärts die schattige Straße entlang, mit Farrell am Steuer und Ethans Notiz in Farrells Tasche. Ethan sah zu, wie es verschwand. Dann zog er einen Stuhl an den Rand der Veranda, setzte sich hinein, stellte seine Absätze auf das Geländer, steckte die Hände in die Taschen und fragte sich mit einem verwirrten Lächeln, warum er das getan hatte.

IV.

Das Gras wuchs hoch und üppig unter den knorrigen alten Apfelbäumen hinter dem Inn, und der schmale Fußweg, der zum Treppenabsatz führte, war nur dem Namen nach ein Pfad. Als er den Fluss erreichte, waren Ethans makellose weiße Schuhe schieferfarben vom Tau. Das Kanu ruhte auf zwei Stangen, die aus den Astgabeln der Apfelbäume lagen, die über dem Bach hingen. Ethan hob es herunter und ließ es ins Wasser fallen. Mit dem Paddel in der Hand stieg er ein und stieß flussabwärts davon.

Zu seiner Linken marschierten der Obstgarten und der Garten des Gasthauses ein Stück mit ihm und machten schließlich einem Waldstück Platz. Zu seiner Rechten, zwischen den verdrehten Weiden, erstreckte sich ein schöner Blick auf Wiesen und bestellte Felder im Vordergrund und dahinter auf die sanft ansteigenden Hügel, die bis auf die Stelle, an deren Fuß sich das Grasland erhob und senkte, bewaldet waren. Ein paar verschlafen aussehende Bauernhäuser lagen in der Mitte und das leise *Surren* einer Mähmaschine schwebte über die Wiesen. Im hohen Gras waren Gänseblümchen so dicht verstreut wie Sterne in der Milchstraße, und Butterblumen streckten ihre winzigen goldenen Schalen über die herabhängenden Federn von Wiesen-Lieschgras, Fuchsschwanz und Schwingel. Auch das blauäugige Gras stand in voller Blüte, wie Miniaturen der blauen Fahnen, die sich überall dort versammelten, wo die Frühlingsfluten die Wiesen überschwemmt hatten.

Die Sandbank kam in Sicht, und der kleine Fluss begann zu tosen und zu zittern, während er sich zu einem, wie er zweifellos glaubte, ehrfurchtgebietenden Rauschen aufraffte. Das Kanu schaukelte anmutig durch die Stromschnellen und schaukelte im darunter liegenden Teich herum. Ethan zwinkerte dem Schild an der Weide nüchtern zu und tauchte sein Paddel erneut ein. Das Kanu schwamm durch die träge Strömung des Baches.

Es war genau so ein Tag wie gestern. Die leichte Brise bewegte die Binsen an den Ufern und brachte Geißblattduft mit sich. Schäfchenweiße Wolken schienen auf den schattenfreien Abschnitten des Baches zu schweben. Auf der einen Seite markierte plötzlich ein tiefrosa Fleck die Stelle, an der eine wilde Azalee blühte . Wieder zeigte ein flüchtiger Blick auf Weiß einen Viburnum, der den Boden mit seinen winzigen Blüten bedeckte. Zimtfarne streckten ihre hellbronzenen „Geigenköpfe" in die Luft. Ab und zu zeigte eine Waldlilie eine verspätete Blüte. In der Nähe der Steinbrücke schoss ein Eisvogel auf den Bach zu, zerteilte dessen Wasseroberfläche in silbrige Gischt und erhob sich mit schweren Flügeln.

Nachdem er die Brücke hinter sich gelassen hatte und zwischen ihm und dem Lotusteich nur noch eine Windung des Baches lag, ließ Ethan sein Paddel einen Moment lang hinter sich und fragte sich, ob er wirklich damit rechnete, das Mädchen zu finden, das auf ihn wartete. Natürlich tat er das nicht, nur – nun ja, es bestand nur eine Chance –! Unsinn; Es gab nicht den

Hauch einer Chance! Oh, sehr gut; Zumindest schadete es ihm nicht, zum Lotusbecken zu paddeln – es sei denn, er beging Hausfriedensbruch! Er lächelte darüber. Aus irgendeinem Grund lächelte er mehrmals darüber. Dann tauchte er sein Paddel erneut ein und ließ die „Good Fortune" schnell über das sonnenbeschienene Wasser des Teiches gleiten. Und als er dort hinschaute , saß sie am Ufer, genau wie er es – und das wurde ihm jetzt klar – die ganze Zeit erwartet hatte!

    Aber es war nicht Clytie, die er sah; Nicht, es sei denn, die Mode hat sich erheblich geändert und Wassernymphen dürfen weiße Hemdblusenanzüge und hellbraune Schuhe mit perfektem Anstand tragen. Es sei nicht unmöglich, argumentierte er; Soweit er das Gegenteil wusste, könnte die Juli-Ausgabe des Goddesses' Home Journal – zweifellos herausgegeben von Minerva – genau solche Kleidungsstücke für die informelle Morgenkleidung vorschreiben. Auf jeden Fall gefiel es Ethan, dessen Kleidungsgeschmack ziemlich orthodox war, weitaus besser, da es weniger *bizarr war als das wallende Schößchen von gestern.* Auch der Effekt war ganz anders. Gestern hätte sie Clytie sein können; die heutige Vernunft schrie gegen jede solche Möglichkeit auf; Sie war eine sehr modern wirkende und äußerst charmante junge Dame, offenbar zwanzig oder einundzwanzig Jahre alt, mit einem Gesicht, das, im Profil gesehen, eher pikant als schön war. Die Nase war klein und zart, der Mund unter einer kurzen Lippe hatte einen leichten Schmollmund und das Kinn war sanft rund und empfindlich. An diesem Morgen trug sie eine Pompadour-Frisur, während die dicken Zöpfe hinten tief in ihrem Nacken begannen und sich auf eine vollkommen entzückende und absolut rätselhafte Weise hin und her windeten. Ethan gefielen ihre Haare sehr. Es war hellbraun mit kupferfarbenen Tönen, wo sich das Sonnenlicht verfing. Sie saß am abfallenden Ufer, die Hände um die Knie geschlungen, und ihr Blick richtete sich verträumt auf den Wasserfall, der am oberen Rand des Beckens glitzerte und plätscherte. Da das Kanu bei seiner Annäherung fast kein Geräusch von sich gegeben hatte, war sie sich der Anwesenheit Ethans natürlich nicht bewusst. Und doch kann man es als eine interessante, wenn auch unwichtige Tatsache erwähnen, dass sich, während er sie eine halbe Minute lang ansah, ein rosiger Schimmer in ihre Wangen schlich, ohne dass er es bemerkte. Er legte sein Paddel sanft über das Kanu und –

„Grüße, O Clytie!" er sagte.

Sie drehte sich erschrocken zu ihm um . Ein kleines Lächeln umspielte ihre Lippen.

„Guten Morgen, Vertumnus", antwortete sie. Vielleicht zeigte sein Blick etwas zu viel Interesse, denn nach einem kurzen Moment verschwand ihr Blick. Er nahm das Paddel und bewegte das Kanu näher ans Ufer.

„Ich bin sehr froh, dass Sie noch keine Wurzeln geschlagen haben", sagte er ernst.

„Wurzeln geschlagen?" wiederholte sie vage.

„Ja, denn das war doch letzten Endes dein Schicksal, nicht wahr? Wenn ich mich nicht irre, saßen Sie tagelang auf dem Boden, ernährten sich von Ihren Tränen und sahen zu, wie die Sonne über den Himmel wanderte, bis Ihre Glieder schließlich mit dem Boden verwurzelt waren und Sie sich ganz natürlich in eine Sonnenblume verwandelten. So erinnere ich mich zumindest."

„Oh, aber du solltest mir nicht sagen, was mein Schicksal sein wird", antwortete sie lächelnd.

„Gerüstet ist gewarnt; Nein, ich meine umgekehrt!" er antwortete. „Vielleicht entgehen Sie diesem Schicksal, wenn Sie einfach in Bewegung bleiben. Es wäre furchtbar unangenehm, würde ich sagen! Außerdem, entschuldigen Sie, wenn es unhöflich klingt, Sonnenblumen sind so unattraktive Dinge, finden Sie nicht auch?"

„Ja, ich fürchte, das sind sie. Das Schicksal von Daphne oder Lotis oder Syrinx wäre viel schöner."

„Was ist bitte mit ihnen passiert?"

„Na, Daphne wurde in einen Lorbeer verwandelt; Hast du Vergessen?"

„Nein, aber wie wäre es mit den anderen Damen?"

„ Lotis wurde zu einer Lotusblume und Syrinx zu einem Schilfbüschel. Pan sammelte einige davon und machte sich Pfeifen zum Spielen.

„„Arme Nymphe! – Armer Pan! – wie er weinte, als er nichts als ein schönes Seufzen des Windes entlang des schilfbedeckten Baches fand ; eine halb gehörte Melodie voller süßer Trostlosigkeit – milder Schmerz.""

„Shelley, für einen Dollar", sagte er fragend.

Sie schüttelte lächelnd den Kopf. „Keats", korrigierte sie.

„Oh, ich habe eine Art, sie zu vermischen, diese beiden Kerle." Er stoppte. „Wissen Sie, dass es heutzutage seltsam klingt, wenn jemand Gedichte zitiert?"

„Ich nehme an, das stimmt; Ich wage zu behaupten, dass es sehr albern klingt."

„Nicht ein bisschen davon! Ich mag das! Ich wünschte, ich könnte es selbst tun. Das Einzige, was ich weiß, ist

„„Die Lady Jane war groß und schlank, die Lady Jane war blond, und Sir Thomas, Mylord, hatte kräftige Glieder, aber sein Atem war kurz und ——'

und so weiter. Als Kind habe ich das immer in der Schule aufgesagt; wusste es die ganze Zeit; und ich glaube, es waren fünf oder sechs Seiten davon. Darauf war ich ziemlich stolz und stand samstags morgens auf dem

Bahnsteig und galoppierte einfach davon. Ich glaube, der Humor hat mich angesprochen."

„Es muss herrlich gewesen sein!" Sie lachte. „Aber Sie haben das nicht ganz richtig verstanden!"

„Habe ich nicht? Ich wage zu behaupten."

„Nein, Sir Thomas war *ihr* Herr, nicht *mein* Herr, und es war sein Husten, der kurz war, und nicht sein Atem."

„Zeigt, dass mein Gedächtnis endlich nachlässt", antwortete er. „Aber sagen Sie mir, kennen Sie jedes Gedicht, das jemals geschrieben wurde?"

„Nein, nicht so viele. Allerdings erinnere ich mich zufällig daran. Außerdem haben wir Bewohner des Olymp mehr Respekt vor der Poesie als ihr Sterblichen."

„Du vergisst, dass ich Vertumnus bin", antwortete er hochmütig.

"Natürlich! Und damit hast du mich gestern auch verwirrt. Ich musste nach Hause gehen und ein Wörterbuch der Mythologie durchsuchen, um herauszufinden, wer Vertumnus war."

„Ich – ich gehe davon aus, dass Sie ihn einigermaßen respektabel fanden?" er hat gefragt. „Um die Wahrheit zu sagen, erinnere ich mich selbst nicht sehr viel an ihn; und einige dieser alten Kerle waren – na ja, ein bisschen schnell."

„Vertumnus war ziemlich respektabel", antwortete sie. „Tatsächlich war er ziemlich lieb, so wie er schuftete, um Pomona zu gewinnen. „Pomona hat mir nie viel bedeutet", fügte sie offen hinzu.

„Ich – ich habe sie nie sehr gut gekannt", antwortete er nachlässig.

„Ich glaube, sie war ein Stock."

„Sie vergessen", sagte er sanft, „dass Sie von der Dame meiner Zuneigung sprechen."

„Oh, es tut mir so leid!" sie weinte zerknirscht. "Bitte verzeihen Sie mir!"

„Wenn du mich eine Zigarette rauchen lässt."

"Warum nicht? Wenn man bedenkt, dass ich an Land bin und du auf dem Wasser, erscheint es kaum nötig –"

„Natürlich ist es Ihr eigener privater Pool", sagte er. „Ich dachte, Nymphen hätten vielleicht etwas gegen den Geruch von Zigarettenrauch in ihrer Umgebung."

„Dieser Nymphe macht es nichts aus", antwortete sie.

Ganz gemächlich holte er eine Zigarette aus seinem Etui. Er hatte mehrmals Gelegenheit gehabt, ihre Augen zu sehen und fragte sich, ob sie wirklich die Farbe hatten, die sie zu haben schienen. Er hatte gestern gedacht, dass sie blau seien, wie der Himmel oder eine Yale-Flagge oder – oder das Meer im Oktober; kurz gesagt, nur *blau* . Aber heute, aus einer Entfernung von etwa fünfzehn Fuß betrachtet und genau untersucht, erschienen sie in einem ganz anderen Farbton, einem – einem Violett oder – oder Lila. Er wusste nicht genau, was Lila war, aber er vermutete, dass es vielleicht an der Farbe ihrer Augen lag. Auf jeden Fall waren sie nicht nur blau; Sie waren etwas ganz anderes, viel wundervoller und unendlich schöner. Sobald er die Zigarette angezündet hatte, schaute er noch einmal hin und –

„Waren Sie überrascht, mich heute Morgen hier zu finden?" sie fragte plötzlich. In ihrem Ton lag keine Spur von Koketterie, und er unterdrückte die erste Antwort, die ihm einfiel.

„Ich – nein, das war ich nicht – aus irgendeinem Grund", antwortete er ehrlich. „Ich wage zu behaupten, dass ich es hätte tun sollen."

„Ich bin absichtlich hergekommen, um dich zu treffen", sagte sie ruhig.

„Ähm – danke – das heißt –!"

„Ich wollte dir etwas über gestern erzählen. Sie sehen, ich wollte nicht, dass Sie denken, ich sei einfach nur verrückt. Es gab eine Methode in meinem Wahnsinn."

„Aber ich habe dich nicht für verrückt gehalten", bestritt er, legte das abgebrannte Streichholz vorsichtig auf ein Seerosenblatt und blickte sie an. "Ich dachte, dass--"

„Ja, mach weiter", forderte sie sie auf. „Sag mir, was du gedacht hast, als du mich hier in diesem – diesem *Ding gefunden hast*!"

„Ich dachte, ich wäre in Arcadia und du wärst genau das, was du zu sein behauptet hast: eine Wassernymphe."

„Oh", murmelte sie enttäuscht; „Ich dachte, du würdest mir wirklich die Wahrheit sagen."

"Ich werde dann. Ehrlich gesagt wusste ich nicht, was ich denken sollte. Du hast gesagt, du wärst Clytie, und es liegt mir fern, das Wort einer Dame in Frage zu stellen. Ich war ratlos. Ich habe gestern Nachmittag versucht, es herauszufinden, aber es gelang mir nicht, und so bin ich heute zurückgekommen in der Hoffnung, dass ich das Glück haben könnte, Sie wiederzusehen."

„Es war ziemlich albern", antwortete sie. „Und ich hätte weglaufen sollen, als ich dein Kanu kommen sah. Aber es kam so unerwartet und plötzlich, und ich war gelangweilt und – und ich fragte mich, wie du aussehen würdest, wenn ich dir sagte, ich sei eine Wassernymphe!" Sie lachte leise. „Nur", fuhr sie einen Moment lang mit klagendem Tonfall fort, „du sahst überhaupt nicht überrascht aus!" Ich hätte genauso gut sagen können: ‚Ich bin Mary Smith' oder – oder ‚Laura Devereux!'"

(„Aha!", sagte Ethan zu sich selbst, „Ich lerne.")

„Sie waren sehr enttäuschend", schloss sie streng.

„Es tut mir wirklich leid. Mir ist jetzt klar, dass ich Erstaunen und Ehrfurcht hätte zeigen sollen. Wenn Sie gesagt hätten, Sie seien Laura – Laura Devereux, oder ? –, hätte ich vielleicht wirklich Emotionen gezeigt."

"Warum?" sie fragte.

„Nun, glauben Sie nicht – Laura ist jetzt – ich fürchte, ich kann es nicht einfach erklären." Er beobachtete sie aufmerksam. Sie betrachtete ihre gefalteten Hände. „Ich glaube, ich meinte damit, dass Laura ein so attraktiver Name ist, so – so musikalisch, so melodiös! Und in Verbindung mit Devereux ist es sogar noch – äh – noch mehr!"

"Ist es?" Sie sah ihn nicht an und ihr Ton war fast eisig.

(„Ich schätze, das wird dich eine Weile durchhalten ", sagte er zu sich selbst. „Mein Junge, du neigst dazu, ein bisschen zu frisch zu sein; lass es sein!")

„Ich fand Laura nie besonders melodiös", sagte sie.

„Vielleicht hast du Vorurteile", schlug er freundlich vor.

"Warum sollte ich?" fragte sie und beobachtete ihn ruhig. Er zögerte und widmete seiner Zigarette große Aufmerksamkeit.

„Oh, überhaupt kein Grund, nehme ich an", antwortete er schließlich. Er blickte gerade rechtzeitig auf, um ein kleines spöttisches Lächeln in ihren Augen zu bemerken. Unsinn! Er würde ihr zeigen, dass sie ihn nicht so täuschen konnte! „Um ehrlich zu sein", fuhr er fort, „meinte ich, dass manche Leute eine Abneigung gegen ihren eigenen Namen empfinden; in diesem Fall sind sie kaum unparteiische Richter." Er blickte sie herausfordernd an. Sie erwiderte den Blick gelassen.

„ Du denkst also , das ist mein Name?" Sie fragte.

„Nicht wahr?"

„Ich verstehe nicht, warum du so denken solltest", parierte sie. „Vielleicht habe ich es in einem Roman gefunden. Ich bin sicher, es klingt wie ein Name aus einem Roman."

„Aber Sie haben es nicht geleugnet", beharrte er.

„Das habe ich nicht vor", antwortete sie und das kleine verlockende Lächeln zitterte erneut in ihren Mundwinkeln. „Außerdem habe ich dir bereits gesagt, dass ich Clytie heiße."

Er warf die Reste seiner Zigarette dorthin, wo einer der Schwäne herumpaddelte. Der lange Hals wand sich schlangenartig und der Schnabel verschwand im Wasser. Dann drehte der Schwan mit beleidigter Miene und einem wütenden Schwanzschwenken Ethan den Rücken zu und segelte eilig zurück zu ihrer Familie.

„Ich verstehe", sagte er. „Ich werde versuchen, von nun an nicht zu vergessen, dass dies Arcadia ist, dass du Clytie bist und dass ich Vertumnus bin."

„Danke, Vertumnus", sagte sie. „Und jetzt muss ich Ihnen sagen, wozu ich hierher gekommen bin. Sie müssen wissen, mein Herr, dass ich nicht die Angewohnheit habe, am helllichten Tag bekleidet im Gras herumzusitzen – so wie gestern. Wenn ich das täte, würde ich mich wahrscheinlich erkälten. Gestern Morgen haben wir – ein Freund und ich – uns verkleidet und uns dort oben unter den Bäumen gegenseitig fotografiert. Danach verspürte ich die Lust, hierher zu kommen und – und „glauben" zu lassen. Und dann tauchten Sie plötzlich am Tatort auf."

"Ich verstehe. Sehr unhöflich von mir, da bin ich mir sicher. Natürlich, da wir in Arkadien sind und du eine Nymphe bist und ich ein – ein Gott, verstehe ich überhaupt nicht, wovon du sprichst; aber ich *würde* diese Bilder gerne sehen!"

„Ich fürchte, das wirst du nie tun", lachte sie.

„Ich bin mir nicht so sicher", sagte er nachdenklich. „Seltsame Dinge passieren in – Arkadien."

„Warst du nicht im Geringsten überrascht, als du mich sahst? Und als ich mich so albern benahm?"

„Das war ich auf jeden Fall! Wirklich, eine Zeit lang – besonders nachdem du gegangen warst – war ich halb geneigt zu glauben, ich hätte geträumt. Du hast es ziemlich gut gemacht, weißt du", fügte er bewundernd hinzu.

"Habe ich?" Sie schien zufrieden zu sein. „Klingt es nicht furchtbar dumm, als ich das über Apollo gesagt habe?"

"Kein Bisschen! Ich – ich hatte halb damit gerechnet, dass die Sonne etwas bewirken würde, wenn man die Hände dazu erhebt; Ich weiß nicht genau was; Zwinkern Sie vielleicht oder erleben Sie eine Sonnenfinsternis.

"Du machst dich über mich lustig!" sagte sie traurig.

„Aber das bin ich wirklich nicht! Allerdings glaube ich nicht, dass Sie Ihr Publikum besonders freundlich behandelt haben. Mich blind zu machen und mich dann davonzustehlen, war nicht nett. Als ich mich umsah, warst du einfach wie von Zauberhand verschwunden, und ich –“ er zitterte unbehaglich – „ mir kam für einen Moment ein bisschen komisch vor.“

"Wirklich?" Sie strahlte ihn förmlich an und Ethan spürte eine plötzliche Wärme in seinem Herzen. „Ich nehme an, jeder Mensch hat ein schleichendes Verlangen zu handeln“, fuhr sie fort. „Ich weiß, dass ich es getan habe. Schon als kleines Mädchen habe ich es geliebt, etwas zu glauben. Deshalb habe ich es gestern getan.“

„Haben Sie jemals über eine Bühnenkarriere nachgedacht?“ fragte er ernst. Sie stützte ihr Kinn auf eine kleine Handfläche und beobachtete ihn zweifelnd.

„Ich scheine nie genau zu wissen“, beschwerte sie sich, „ob du dich über mich lustig machst oder nicht.“ Und ich mag es nicht, wenn man sich über mich lustig macht – besonders nicht von –“

"Fremde? Ich mache Ihnen keine Vorwürfe, Miss – Clytie. Mir selbst würde es nicht gefallen.“

Sie musterte ihn weiterhin verwirrt, mit einem leichten Stirnrunzeln über ihrer etwas unverschämten Nase. Ethan lächelte gelassen zurück. Es hat ihm großen Spaß gemacht. Das Sonnenlicht erzeugte seltsame kleine goldene Unschärfen in ihren Augen. Es waren sehr schöne Augen; er erkannte es gründlich; und es war ihm egal, wie lange sie ihm erlaubte, so in sie hineinzuschauen. Nur, nun ja, für einen Kerl war es etwas beunruhigend. Er konnte sich vorstellen, dass unsichtbare Drähte von ihren violetten Augen direkt zu seinem Herzen führten. Wie sonst wäre das prickelnde Leuchten zu erklären, das Letzteres durchdrang? Nicht, dass es unangenehm gewesen wäre; andererseits--

"Wie bitte?" er stammelte.

„Ich habe nur gesagt, dass ich keine Ahnung von der Bühne habe“, antwortete sie distanziert und senkte den Blick.

"Oh!" Er stoppte. Es dauerte einen Moment, bis er verstanden hatte, was sie gesagt hatte. Offensichtlich besaß die arkadische Luft eine Qualität, die gewöhnlicher Äther nicht zu bieten hatte, und ihre Wirkung war auf die Sinne seltsam verwirrend. "Oh!" Er wiederholte sofort: „Ich bin froh, dass Sie es nicht getan haben. Ich sollte nicht wollen, dass du – ähm –"

Aber das schien nicht ganz die richtige Aussage zu sein, gemessen an dem plötzlichen Ausdruck der Zurückhaltung, der sich über ihr Gesicht legte. Ethan schüttelte sich wach.

„Es ist Zeit für mich zu gehen", sagte sie und stand auf. Ethan machte eine absurd vergebliche Geste, ihr zu helfen. „Ich glaube, ich habe die Sache erklärt, nicht wahr?"

„Ich glaube, ich habe die Sache erklärt, nicht wahr?"

„Sie haben es erklärt", antwortete er gerichtlich, „aber es gibt noch viel mehr, das ertragen würde, das sogar einer Erläuterung bedarf."

„Das sehe ich nicht", antwortete sie ein wenig kühl.

„Oh, natürlich, wenn Sie es vorziehen, dass ich meine eigene Interpretation zu – Dingen – gebe!"

"Welche Sachen?" fragte sie neugierig.

"Welche Sachen?" wiederholte er vage. „Oh, warum – ähm – viele", endete er lahm.

Sie drehte sich um.

„Guten Morgen", sagte sie.

Er fasste einen verzweifelten Entschluss.

"Guten Morgen. Jetzt, wo ich weiß, wer du bist –"

„Du weißt nicht, wer ich bin!" erwiderte sie und sah ihn trotzig an.

„Entschuldigen Sie, aber –"

„Ich habe nicht gesagt, dass ich – so heiße!"

„Und ich weiß außerdem noch mehr", fügte er geheimnisvoll hinzu.

„Das tust du nicht!"

"Oh, sehr gut." Er lächelte überlegen.

"Wie konntest du?"

„Du vergisst, dass wir Götter Kräfte haben –"

"Oh! Dann sagen Sie es mir doch."

„Heute nicht", antwortete er sanft. „Morgen vielleicht."

Er hob sein Paddel und drehte das Kanu.

„Aber du wirst mich morgen nicht sehen", sagte sie und unterdrückte das Lächeln, das ihre Strenge zu beeinträchtigen drohte.

„Sie denken nicht daran, Arcady zu verlassen?" fragte er überrascht. „Wo, bitte, könnten Sie einen schöneren Pool finden als diesen? Beobachten Sie diese Schwäne! Beobachten Sie die Lilien! Außerdem bewegt man sich nicht einmal in Arcady so spät in der Saison."

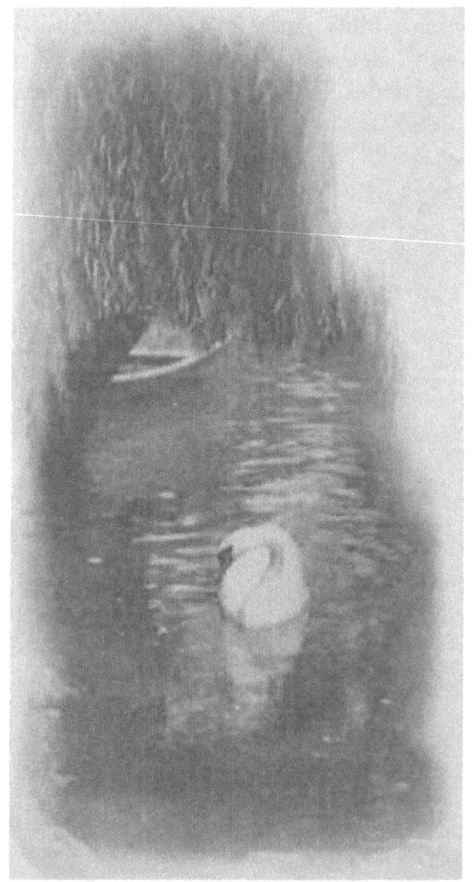

Sie betrachtete ihn einen Moment lang mit großer Ernsthaftigkeit. Dann,

"Denkst du das wirklich?" sie fragte nachdenklich.

„Das tue ich wirklich."

Er wartete und wunderte sich darüber, dass ihm ihre Entscheidung so wichtig war. Zu guter Letzt,

„Vielleicht hast du recht", sagte sie. "Guten Morgen."

„Und ich, werde ich dich morgen sehen?" er weinte eifrig.

Sie drehte sich unter dem ersten Baum um. Die grünen Schatten spielten über ihr Haar und übersäten ihr weißes Kleid mit zitternden Silhouetten.

„Das", lachte sie leise und verlockend, „liegt in den Händen der Götter."

Ihr Kleid war für einen Moment hier und da durch die Bäume zu sehen und verschwand dann wieder aus den Augen. Ethan seufzte. Dann lächelte er. Dann ergriff er das Paddel und schoss das Kanu in Richtung Auslass.

„Nun", murmelte er, „ich weiß, wie dieser Gott abstimmen wird!"

V.

Ethan legte sein Paddel beiseite und wischte sich mit dem Taschentuch das Gesicht ab. Das sich selbst überlassene Kanu stieß mit der Nase gegen das Wiesenufer und ließ sein Heck langsam in der trägen Strömung treiben. Er blickte über die Felder, über denen die Hitzewellen tanzten und schimmerten, und wandte sich seinem Zigarettenetui zu.

„Die Vorsehung", sagte er, „bewies große Weisheit, als sie dafür sorgte, dass die Pilger an der Küste von Massachusetts landen sollten." „Nach allem, was ich von diesen Leuten gesehen und über sie gehört habe", sagt Providence, „glaube ich nicht, dass sie eine große Bereicherung für die Neue Welt sein werden." Aber ich werde ihnen eine faire Show bieten . Ich werde dafür sorgen, dass sie in Plymouth landen, und wenn sie einen Winter in Massachusetts *und einen* Sommer in Massachusetts überleben können , habe ich nichts mehr zu sagen. Diejenigen von ihnen, die in einem Jahr noch am

Leben sind, haben Anspruch auf Preise im Ausdauertest und sind qualifiziert, Hardy Pioneers zu werden und das Land aufzubauen.'"

Er wischte sich erneut das Gesicht ab, zündete sich eine Zigarette an und nahm sein Paddel.

„Man könnte meinen, dass dieser Staat zu irgendeiner Jahreszeit Mäßigung zeigen würde", fügte er angewidert hinzu. „Aber nicht zufrieden mit ihren altmodischen Wintern, Backward Springs und Early Falls, muss sie versuchen, Arizona das blaue Band des heißen Wetters abzuringen! Kein Wunder, dass man sagt, ein Bostoner sei im Himmel nicht zufrieden; zweifellos findet er das Wetter furchtbar ausgeglichen und eintönig!"

Er richtete das Kanu auf und fuhr weiter, mit einem Blick zum Himmel über den Hügeln.

„Heute Nachmittag erwartet uns wahrscheinlich ein richtig heftiges Gewitter", murmelte er.

Als er den Eingang zum Bach erreichte, standen ihm wieder Schweißperlen auf der Stirn und sein dünnes Negligé-Hemd schien dazu geneigt, sich an seinen Schultern festzuklammern. Es war einer dieser extrem heißen und äußerst feuchten Tage, die der Frühsommer Neuengland so oft heimsucht. Sogar die Vögel schienen die Hitze zu spüren, und statt zu singen und über den schattigen Bach zu huschen, begnügten sie sich damit, schläfrig zwischen den Zweigen zu flattern und zu zwitschern. Das Summen der Insekten hatte einen lethargischen Ton, der irgendwie, wie das Heuschreckengeklapper im August, die Hitze zu verstärken schien. Ethan ging langsam den gewundenen Bach hinauf, mit unterschiedlichen Meinungen zum Thema seiner eigenen geistigen Gesundheit. An einem Morgen wie diesem in einem Kanu in der sengenden Sonne zu sitzen, nur um mit einem Mädchen zu reden, sei pure Idiotie, sagte er sich. Dann erinnerte er sich an ihre Augen, ihr verlockendes kleines Lachen, die sanften Töne ihrer Stimme, den provokanten Hauch eines Lächelns, das so oft um ihre roten Lippen zitterte, und gestand ein, dass sie es wert war. Nachdem er unter die steinerne Fußgängerbrücke geschlüpft war, kam ihm plötzlich der Gedanke, dass das Mädchen vielleicht genauso heftig dagegen sein würde wie er, sich im Interesse einer höflichen Konversation zur Märtyrerin zu machen! Vielleicht würde sie gar nicht kommen! In diesem Fall wäre die Reise umsonst gewesen – und möglicherweise hätte er einen Sonnenstich bekommen! Je mehr er über diese Möglichkeit nachdachte, desto vernünftiger wurde es, bis er das Kanu in den kleinen Teich geschossen hatte und sah, dass am Ufer nichts außer einem Schwänepaar war, das seine Flügel im Sonnenlicht ausbreitete war nicht überrascht.

„Sie hat auf jeden Fall mehr Verstand als ich", murmelte er.

Kein Lufthauch bewegte die Blätter der umliegenden Baumränder. Der kleine See war wie eine Künstlerpalette mit all den zarten Grün-, Rosa-, Weiß- und Gelbtönen des Sommers.

„Ich hoffe, dir gefällt mein Pool?" fragte eine Stimme.

Ethan wandte sich von seinem Blick auf die Szene ab und sah, dass das Mädchen ein Stück weiter oben am Hang im Schatten einer Weide stand. Sie war wie gestern ganz in Weiß gekleidet, aber ein breitkrempiger Hut aus weichem weißem Stroh verdeckte ihr Haar und warf einen Schatten auf ihr Gesicht. Ethan hob seinen eigenen, weniger malerischen Panamahut und verneigte sich.

„Heute sieht es gut aus, denke ich", antwortete er. „Vielleicht aber nur ein bisschen verschnörkelt. Es gibt so etwas wie Überdekoration sogar eines Lotusbeckens."

Er drehte den Bug des Kanus zum Ufer, ließ es geschickt schwenken und stieg ans Ufer. Das Mädchen beobachtete ihn schweigend. Als er die Nase des Fahrzeugs auf das Gras gezogen und sein Paddel fallen ließ, ging er auf sie zu. Ein wenig Röte schlich sich in ihre Wangen, aber ihr Blick begegnete seinem ruhig.

„Das ist alles furchtbar falsch, wissen Sie", sagte sie ernst. Er blieb ein paar Meter entfernt stehen und fächelte sich mit seinem Hut Luft zu.

„Ja, sehr warm, nicht wahr?" er stimmte freundlich zu.

„Erstens", fuhr sie streng fort, „begehen Sie Hausfriedensbruch."

"Wie bitte?" fragte er, als hätte er es nicht verstanden.

„Ich sagte, Sie begehen Hausfriedensbruch."

"Oh! Ja natürlich. Na ja, im Ernst, Sie konnten nicht erwarten, dass ich da draußen in der heißen Sonne sitze, oder? Ich – ich habe eine ziemlich empfindliche Konstitution."

„Aber du hast schon einmal Hausfriedensbruch begangen! Hierher zu kommen macht es nur noch schlimmer."

„Besser nenne ich es", antwortete er und blickte ohne Bedauern zurück zum Pool.

„Und dann – dann ist es genauso falsch für mich, hier zu bleiben und mit dir zu reden."

„ Ach komm jetzt!" er widersprach. „Nymphen waren zu meiner Zeit nicht so konventionell!"

„ Also werde ich dich verlassen", fuhr sie fort, unbeachtet und wandte sich ab.

„Dann werde ich mit dir gehen."

„Das würdest du nicht wagen!" Sie weinte.

"Warum nicht? Wirklich, Miss Clytie, ich bin ziemlich respektabel und ich weiß keinen Grund, warum Sie nicht in meiner Gesellschaft gesehen werden sollten. Ich habe nie einen Mord begangen und nie weniger als eine Million Dollar auf einmal gestohlen. Natürlich hoffe ich, im Laufe eines Jahres praktizierender Anwalt zu werden, aber bis jetzt ist meine Ehre unbefleckt."

Sie zögerte, ihr Blick richtete sich auf das Haus.

„Außerdem", fügte er hastig hinzu, „wollte ich dir sagen, was ich über dich weiß."

„Dann", antwortete sie widerstrebend, „bleibe ich – eine Minute."

"Danke schön. Und werden wir uns in dieser Minute wohlfühlen? ‚Kommt, lasst uns auf dem Boden sitzen und traurige Geschichten über den Tod von Königen erzählen.'"

Sie schüttelte den Kopf.

"Bitte!" er bat. „Du wirst nie in der Lage sein, all dem standzuhalten, was ich dir zu sagen habe. Außerdem vergisst du meinen zarten Körper; Ich wurde immer wieder vor Überanstrengung gewarnt."

Sie ließ sich in einer wogenden weißen Musselindecke anmutig ins Gras sinken, lächelte und runzelte zugleich die Stirn, als wäre sie über seine Beharrlichkeit verärgert, aber dennoch zu liebenswürdig, um abzulehnen. Das alles zeigte seine Wirkung, und Ethan erkannte, dass sie ihm einen großen Gefallen tat, und wurde gebührend dankbar. Er folgte ihrem Beispiel und setzte sich vor ihr auf den Rasen, achtete jedoch weniger auf die Stellung seiner Füße. Unbewusst suchte seine Hand in der Tasche und ließ sie dann wieder verschwinden. Sie lachte leise.

„Bitte tun Sie es", sagte sie.

„Sind Sie sicher, dass es Ihnen nichts ausmacht?"

„Überhaupt nicht", antwortete sie. Also holte er sein Zigarettenetui und dann seine Streichholzschachtel hervor und blies schließlich einen Hauch grauen Rauchs in Richtung der reglosen Zweige über ihm.

"Besser fühlen?" sie fragte mitfühlend.

„Vielen Dank."

„Dann können Sie beginnen."

"Beginnen--?"

„Erzähl mir, was du über mich weißt."

"Oh! Um sicher zu sein. Nun, mal sehen. Erstens: Ihr Name ist Laura Devereux. Ich habe recht?"

Sie lächelte spöttisch.

„Ich habe nicht zugestimmt, dir das zu sagen."

"Oh! Aber ich weiß, dass ich es bin. Ich habe keine Fragen gestellt, denn das wäre meiner Meinung nach eine unfaire Vorteilsnahme gewesen. Aber ich habe gestern Nachmittag im Gasthaus zufällig mitbekommen, dass eine Familie namens Devereux The Larches eingenommen hatte. Und da ich schon einmal in Riverdell war , weiß ich, wo The Larches ist – sind –. Würden Sie sagen, ist oder sind?"

„Ich bin nur ein Zuhörer."

„Dann werde ich sicherheitshalber sagen: bin; Ich weiß, wo The Larches sind. Sie wohnen im The Larches."

„Nein, ich – ich bleibe einfach dort."

"Für den Sommer; genau. Das ist es was ich meinte. Wenn Sie zu Hause sind, leben Sie in Boston. Ich werde Ihnen nicht sagen, wie ich das herausgefunden habe, aber es war ziemlich fair."

„Bin ich – bist du sicher, dass ich ein Bostoner bin?"

"Hm! Jetzt, wo Sie es erwähnen – das tue ich nicht. Vielleicht ist Ihre Familie von woanders nach Boston gezogen?"

"Ja?"

„Von – lass mich sehen! Pennsylvania? Aber nein, du redest nicht wie ein Pennsylvanianer. Maryland? Nein schon wieder. Wo bitte?"

„Aber ich habe die Richtigkeit Ihrer Prämissen noch nicht anerkannt", wandte sie ein.

„Aber du wagst es nicht, mir zu sagen, dass ich falsch liege", forderte er heraus.

„Zumindest werde ich es dir nicht sagen", antwortete sie.

„Das ist so gut wie eine Zulassung!"

„Sehr gut", antwortete sie gelassen. „Und jetzt, wo du so viel über mich weißt – das ist übrigens alles?"

„Bis jetzt", antwortete er.

„Dann meinst du nicht, ich sollte etwas über dich wissen?"

„Ich fühle mich geschmeichelt, dass es Ihnen wichtig ist." Er legte eine Hand auf sein Herz und verneigte sich tief.

„Meine Neugier ist die müßigste, die man sich vorstellen kann", antwortete sie grausam.

„Ich bereue diese Verbeugung", sagte er. „Aber ich werde es dir trotzdem sagen. Ich bin wie der Prestidigitateur , weil ich nichts zu verbergen habe. Und", fügte er reumütig hinzu, „ganz wenig zu verraten. Mein Name ist Parmley , mit Nachnamen Ethan. Da halte ich nichts zurück, denn ich habe keinen zweiten Vornamen. Es ist in unserer Familie seit den Tagen des verrufenen alten normannischen Räubers, von dem wir abstammen, Brauch, Zweitnamen auszuschließen. Ich wurde im selben Commonwealth of Massachusetts als Sohn wohlhabender und ehrlicher Eltern geboren, die beide schon seit einigen Jahren tot sind. Ich war ein Einzelkind. Bitte, Miss Devereux, denken Sie darüber nach –"

„Wenn es Ihnen nichts ausmacht", unterbrach sie, „dann wäre es mir lieber, wenn Sie mich nicht so nennen würden. Ich habe es nicht eingestanden, wissen Sie."

"Entschuldigung! Ich wollte Sie, Miss Clytie, gerade bitten, diese Tatsache bei der Abwägung meiner Fehler zu berücksichtigen. Als Kind war ich äußerst interessant; Das habe ich auch von meiner Mutter erfahren. Ich habe Masern, Mumps, Scharlach und Keuchhusten erfolgreich überstanden. Ich hatte auch den Briefmarken-, Vogeleier- und Autogrammwahn. Später kämpfte ich mich durch eine Vorbereitungsschule – eine Art Treibhaus für zarte junge Snobs – und schaffte es später mit knapper Not und ein oder zwei Bedingungen, aufs College zu gehen. Da es für die Parmleys Brauch war, nach Harvard zu gehen, ging ich auch dorthin. Ich langweile dich furchtbar?"

"NEIN."

„Es ist mir gelungen, ein vierjähriges Studium in fünf Jahren abzuschließen. Manche Kerle machen es zu dritt, aber ich wollte nicht arrogant wirken. Ich ließ es ruhig angehen und war in fünf Minuten fertig. Da es in der Familie noch nie einen Rechtsanwalt gegeben hatte, entschloss ich mich, Jura zu studieren. Ich habe die Harvard Law School besucht und vor ein paar Wochen meinen Abschluss gemacht. Jetzt verbringe ich meinen wohlverdienten Urlaub. Im September soll ich als eine Art würdevoller Bürojunge in eine Anwaltskanzlei in Providence eintreten.

„Ich besitze weltlichen Reichtum, nicht viel, aber genug für einen meiner einfachen Vorlieben. Ich gehöre sogar zum Landadel, da ich ein Grundstück mit einem Haus darauf besitze. Ich besitze auch ein Auto und verdanke es diesem angenehmen Treffen."

Sie lächelte fragend.

„Ich habe Boston am Montagmorgen hell und früh mit Farrell verlassen. Farrell bezeichnet sich selbst als Chauffeur, wofür er einen Führerschein und ein Abzeichen vorzeigt. Wenn es diesen Führerschein und dieses Abzeichen nicht gäbe, würde ich es nie vermuten. Farrells Hauptaufgabe scheint darin zu bestehen, mir Schraubenschlüssel, Schraubendreher und andere Dinge zu reichen, wenn ich auf dem Rücken auf der Straße liege und die Maschine aus der Froschperspektive betrachte. Alles verlief so gut, wie Sie wollten, bis wir einen Ort etwa zwei Meilen nördlich dieses bezaubernden Dörfchens erreichten. Da sind Dinge passiert. Ich werde Sie nicht mit einer detaillierten Liste der Opfer ermüden. Es genügt zu sagen, dass ich Riverdell betrat und Farrell eine Stunde später folgte, sich bequem im Auto zurücklehnte und darauf achtete, dass das Abschleppseil nicht riss. Ich aß ein zusätzliches Frühstück im Gasthaus, während Farrell den Schmied bewirtete, und da ich nichts Besseres zu tun hatte, ließ ich das Kanu ins Wasser fallen und paddelte flussabwärts. Seitdem ich meinen ersten Apfel gestohlen habe, übt das verbotene Gebiet eine unheilige Faszination auf mich aus, und vielleicht ist das der Grund, warum ich den Bach hinaufgestreift bin und sozusagen nach Arkadien gestolpert bin."

„Welche Farbe hat Ihre Maschine?" Sie fragte.

„Überaus blau."

„Und – ist es nicht fast repariert?"

„Ähm – fast ja."

„Es scheint mir eine lange Zeit zu dauern."

„Nun, die Krankheit war ernst. Den Geräuschen nach zu urteilen, die es machte, glaube ich, dass es eine Mandelentzündung hatte."

"In der Tat? Aber es schien sehr gut zu laufen."

"Wie bitte?"

„Ich sagte, dass es sehr gut zu laufen schien."

"Du hast es gesehen?"

„Ja, es ist gestern gegen zwei Uhr am Haus vorbeigefahren."

„Es gibt sehr viele blaue Autos auf der Welt“, verteidigte er.

„Ist es schon zurückgekehrt?“ fragte sie unbeachtet.

"NEIN. Tatsache ist, dass ich auf dem Weg nach Stillhaven war , um dort Freunde zu besuchen, also habe ich ihnen das Auto zur Verfügung gestellt. Ich habe beobachtet, dass das Auto bei meinen Freunden ziemlich gut abschneidet, wenn ich nicht da bin.“

„Was für ein Pessimist! Und Sie wohnen in Riverdell ?“

„Für ein paar Tage, ja; am Straßenrand.“

„ Riverdell sollte sich geschmeichelt fühlen, wenn Sie feststellen, dass Sie es als Sommerresort Stillhaven vorziehen.“ Sie raffte mit einer Hand ihre Röcke zusammen und begann aufzustehen. Ethan sprang auf und genoss das berauschende Glück, ihre Hand in seiner zu spüren.

„Danke", murmelte sie und strich ihr Kleid glatt. Dann, mit der Rückkehr dieses provokanten, spöttischen kleinen Lächelns: „Wäre es ein schrecklicher Schlag für Ihre Eitelkeit", fragte sie, „wenn ich Ihnen sagen würde, dass Ihre Vermutungen alle falsch sind?"

„Schrecklich", antwortete er besorgt.

„Dann werde ich es dir nicht sagen " , sagte sie beruhigend.

„Aber – aber – sie liegen doch nicht falsch, oder?"

„„Wo Unwissenheit Glückseligkeit ist –'", murmelte sie.

„Aber ich würde es lieber wissen! Sagen Sie mir bitte das Schlimmste!"

Sie schüttelte lächelnd den Kopf.

„Auf Wiedersehen", sagte sie.

„Wirst du mich dich nicht noch einmal sehen lassen?" fragte er traurig. Wieder schüttelte sie den Kopf.

„Mir wurde ein neuer Pool angeboten“, sagte sie, „einer mit allen modernen Verbesserungen, und ich denke, ich werde umziehen.“

„Aber – schauen Sie mal, es ist nicht fair! Was soll ich tun? Es ist offensichtlich, dass Sie noch nie einen Urlaub in Riverdell verbracht haben , sonst würden Sie meine Notlage zu schätzen wissen. Es gibt nichts anderes zu tun, als auf diesem idiotischen kleinen Fluss herumzupaddeln. Und jedes Mal habe ich Angst, dass das Wasser ausläuft, wenn ich nicht aufpasse, und mich hoch und trocken liegen lässt. Wenn auch nur für wohltätige Zwecke, bitte erlauben Sie mir, ab und zu hierherzukommen und Sie zu sehen – nur für einen Moment! Ich werde wirklich sehr gut sein; Ich bin sogar damit einverstanden, im Kanu zu bleiben und vor Ihren Augen zu frisieren!“

„Sie sprechen“, antwortete sie verwirrt, „als hätte ich Sie eingeladen, nach Riverdell zu kommen , oder zumindest als ob ich schuld daran wäre, dass Sie hier geblieben sind!“

Er widerstand den Worten, die ihm über die Lippen kamen.

„Dann bitte ich um Verzeihung. Ich würde um alles in der Welt nichts so absolut Kriminelles unterstellen. Aber ich bin hier und mir ist langweilig; Und sicherlich haben Sie nicht so viele Aufregungen, so viele Verpflichtungen am Morgen, aber dass Sie hier am Pool ein paar Momente im Austausch mit der Natur verbringen können? Als Aufreger empfehle ich mich natürlich nicht; vielleicht bin ich eher ein Narkotikum; aber ich werde alles tun, was in meiner Macht steht, um Sie zu amüsieren! Ich werde – ich werde dir sogar Märchen erzählen oder für dich singen; und ich habe beides noch nie in meinem Leben getan!“

„Das ist dann tatsächlich ein Anreiz“, lachte sie. „Aber – auf Wiedersehen.“

„Das wirst du nicht?“

„Halten Sie es für wahrscheinlich?“ fragte sie ein wenig hochmütig.

„Nicht, wenn du so aussiehst“, antwortete er düster.

„Auf Wiedersehen“, sagte sie noch einmal und entfernte sich.

„Guten Morgen“, antwortete er. Sein Blick war auf den Boden gerichtet, wo sie gesessen hatte. Er machte einen Schritt nach vorne. Von dort aus beobachtete er, wie sie unter den Bäumen den Hang hinaufging. Schließlich drehte sie sich um und blickte bedauernd auf den Teich, der in der Mittagshitze schimmerte.

„Es wird mir leid tun, es zu verlassen“, sagte sie leise, aber deutlich. „Vielleicht – ich werde meine Meinung ändern.“

Dann ging sie weiter, vom Schatten zum Sonnenlicht, bis die Bäume sie verdeckten. Als sie außer Sichtweite war, zündete sich Ethan eine Zigarette an und lächelte dabei. Dann schnippte er das verkohlte Streichholz beiseite, hob seinen linken Fuß, bückte sich und hob ein kleines weißes Bündel auf, das sich, als er es vorsichtig ausschüttelte, in ein zierliches weißes Taschentuch verwandelte. Er betrachtete es, hielt es an seine Nase, berührte damit seine Lippen, faltete es vorsichtig und ungeschickt zusammen und steckte es in seine Tasche. Dann wandte er sich dem Pool und dem Kanu zu.

„Sie ist eine Kokette", murmelte er, „eine arrangierte Kokette. Aber – aber sie ist einfach – der Hammer!"

VI.

Ethan rauchte seine zweite Zigarette aus und warf sie zischend in den Pool. Der nächstgelegene Schwan paddelte sofort herbei, um nachzusehen. Ethan seufzte verärgert.

„Dann mach schon, du alter Idiot!" er murmelte. „Es wird dir nicht besser gefallen als das letzte; sie sind aus der gleichen Box; aber probieren Sie es aus, wenn Sie möchten. Da habe ich es dir doch gesagt! Oh, das ist es; Gib mir jetzt die Schuld! Gesegnet, wenn du nicht fast ein Mensch bist!"

Er schaute zum zwanzigsten Mal dorthin, wo die Ecke der weißen Pergola durch die Bäume schimmerte, und zum zwanzigsten Mal wandte er seinen Blick enttäuscht wieder ab. Er war schon fast eine Dreiviertelstunde dort und würde keine Minute länger bleiben! Wenn sie nicht kommen wollte, ist das in Ordnung! Nur würde sie ihr Taschentuch nicht bekommen, wenn sie es nicht täte! Er begann heute Morgen zu zweifeln, ob sie diesen Artikel absichtlich fallen gelassen hatte, wie er gestern vermutet hatte. Wenn es ein Unfall gewesen wäre, war sie wahrscheinlich schon zurückgekehrt und hatte danach gesucht, und er konnte seine Hoffnungen, sie zu sehen, nicht auf die Punktzahl des Taschentuchs stützen. Es war jedenfalls ziemlich offensichtlich, dass sie nicht kommen würde. Ihre Abschiedsbemerkung, die er nach seinem Geschmack übersetzt hatte, bedeutete schließlich nichts. Er würde seine Sachen in seine Tasche werfen und nach dem Abendessen weiter nach Stillhaven fahren . Es war ein komischer Idiot gewesen, hier so herumzualbern, einem Mädchen hinterherzujagen, das nicht mit ihm belästigt werden wollte, und im Gasthaus Dyspepsie zu riskieren! Und wozu zum Teufel dachte er überhaupt über Frauen nach? Hatte er nicht anlässlich seiner ersten, letzten und einzigen Affäre einen feierlichen Schwur abgelegt, sie streng in Ruhe zu lassen? Er grinste nachdenklich.

Das war eine verzweifelte Angelegenheit gewesen, kurz und tragisch. Es war in seinem ersten Jahr passiert. *Sie* war „Verkäuferin" in einem

Blumenladen an der Avenue. Sie hatte Wangen wie eine der Brautjungfernrosen, die sie verkaufte, eine spitze Nase, funkelnde graue Augen und eine Fülle schwarzer Haare, die ihr in mächtigen Locken aus der Stirn ragten und berauschend nach Veilchenparfüm dufteten, wenn sie eine Nelke daran feststeckte sein Mantel. Bei Ethan war es Liebe auf den ersten Blick gewesen, und er war selten ohne eine Blume im Knopfloch in der Öffentlichkeit aufgetreten. Er erinnerte sich mit einer Mischung aus Schaudern und Seufzen an den überschwänglichen Stolz und die Freude, mit der er sie das erste Mal ins Theater begleitet hatte! Als er aus dem Weihnachtsurlaub zurückkam und sie an der nächsten Ecke mit dem rothaarigen Drogenverkäufer verlobt vorfand, war er sofort ein überzeugter Frauenfeind geworden. In den sieben Jahren, die zwischen diesem Zeitpunkt und diesem Zeitpunkt vergangen waren, hatte er etwas nachgegeben, mehr als einen leichten Flirt durchgemacht und sein Herz bewahrt. Es gab so viele, viele andere Dinge, die ihn beschäftigten, dass die Liebe unberücksichtigt geblieben war. Und was machte er nun hier, als er in einem Kanu in einem Seerosenteich saß, obwohl er eigentlich in Stillhaven sein sollte, um Vincent beim Segeln der „Sea Lark" bei den Clubrennen zu helfen? Machte er sich nicht schon wieder lächerlich? Dann bewegte sich etwas Weißes zwischen den Bäumen auf ihn zu und die Frage blieb unbeantwortet.

„Ich glaube, ich habe gestern hier ein Taschentuch verloren", verkündete sie zur Begrüßung und Erklärung.

"Ein Taschentuch?" er weinte. „Ich helfe Ihnen bei der Suche."

„Oh, mach dir keine Sorgen! Es spielt natürlich keine Rolle, nur – ich dachte, wenn es hier wäre , würde ich es bekommen."

Aber Ethan war bereits aus dem Kanu.

„Ähm – wie war es?" er hat gefragt.

„Eher schlicht, denke ich; nur ein schmaler Spitzenrand."

Sie blickten fleißig über das Gras. Offensichtlich war es nicht da. Sie hob den Kopf, strich sich eine Haarsträhne aus der Stirn und lachte.

„Ich verliere sie immer", sagte sie entschuldigend.

„Vielleicht", schlug er vor, „könnte es gut sein, eine Belohnung anzubieten."

„Eine großartige Idee!" Sie weinte. „Wir werden es hier an diesem Baum veröffentlichen. Hast du ein Stück Papier? Und ein Bleistift?"

"Beide." Er riss die Vorderseite eines Umschlags ab und reichte ihr seinen Bleistift. Sie nahm sie entgegen und setzte sich ins Gras.

„Oh mein Gott, worüber soll ich schreiben? Das Kanupaddel ? Danke. Jetzt lass es mich sehen. Was soll ich sagen?"

„Sie müssen mit dem Schreiben von ‚Lost!' beginnen. in großen Buchstaben oben. Das ist es." Ethans Rolle als Berater brachte köstliche Privilegien mit sich. Es ermöglichte ihm, ganz dicht hinter ihr zu knien und aus einer Position beunruhigender Nähe das rosafarbene Ohrläppchen zu beobachten.

"Und dann was?"

"Wie bitte!" sagte er erschrocken. „Warum dann – ähm – mal sehen. 'Verloren'--"

„Das habe ich", sagte sie zurückhaltend.

„Ein kleines Taschentuch, das –" gehört

„Woher wussten Sie, dass es klein war?" fragte sie mit lächelndem Interesse.

„Das sind sie immer", antwortete er. "Wo war ich?"

„„Ein kleines Taschentuch gehört'——"

„Das hört sich nicht ganz gut an. Lass es uns erneut versuchen. „Verloren, eine kleine Dame" –"

Sie lachten zusammen, als wäre es ein höchst neuartiger und ausgezeichneter Witz.

„Ich möchte meine Kleinheit nicht zur Schau stellen", wandte sie ein.

„Na, jetzt noch einmal. „Verloren, ein kleines Taschentuch mit einer lustigen kleinen Spitzenborte und einem gestickten D in der linken unteren Ecke." Finder--'"

„Ein gesticktes D?" fragte sie verwirrt.

„War es nicht ein D?"

„Vielleicht war es das", gab sie zu. Sie beugte sich etwas weiter nach vorne, denn der kurze Blick, den sie ihm zugeworfen hatte, hatte gezeigt, dass sein Kopf erschreckend nahe war . „Und – und die Belohnung?" fragte sie etwas zurückhaltend.

„Finder darf das Gleiche für seine Ehrlichkeit behalten!"

„Aber – aber das ist lächerlich!" Sie weinte. „Was nützt Werbung überhaupt?"

„Um den Finder vor einem Diebstahl zu bewahren", antwortete er nüchtern. „Denken Sie an sein Gewissen!"

„Woher weißt du, dass es ein ‚er' ist?" sie fragte nachlässig.

„Ich habe das männliche Geschlecht lediglich – ähm – allgemein verwendet."

"Oh!"

"Ja. Hast du das geschrieben?"

„Nein, was soll das? Wenn der Finder unehrlich genug ist, es zu behalten , darf er auf sein eigenes Gewissen achten!"

„Das ist unchristlich", antwortete er traurig.

„Das werde ich aber machen", sagte sie. „Wenn der Finder es vorlegt, erlaube ich ihm, es unter einer Bedingung zu behalten."

"Und das?" fragte er misstrauisch.

„Wenn ein D drauf ist, hat er es vielleicht . Ansonsten--"

Der Finder zog es hervor, faltete es auseinander und blickte auf die „linke untere Ecke".

"Also?" fragte sie lächelnd. Er runzelte die Stirn.

„Es – es sieht eher aus wie ein H“, antwortete er.

„Es ist ein H! Darf ich es jetzt haben?“

„Aber es sollte ein D sein“, sagte er. „H steht weder für Devereux, Laura noch Clytie.“

„Das habe ich nie behauptet!“

„Das ist ganz offensichtlich nicht Ihr Eigentum“, fuhr er fort und faltete es wieder zusammen. „Da ich den Besitzer nicht finden kann, behalte ich den Besitz.“

„Aber es ist meins!“ Sie weinte.

"Dein? Wofür steht dann das H?“

Sie zögerte und errötete.

„Ich habe nie gesagt, dass ich Laura Devereux heiße“, murmelte sie.

„Nein, aber wissen Sie, ich weiß zufällig, dass es so ist.“ Er steckte das Taschentuch wieder in seine Tasche. Dann beugte er sich vor und nahm das Papier und den Umschlag von ihrem Schoß. „Ich werde selbst eine Anzeige schreiben“, sagte er.

Sie beobachtete ihn dabei und biss sich verärgert lächelnd auf die Lippe. Als es fertig war , reichte er ihr die Komposition.

"GEFUNDEN!"

„Ein spitzenbesetztes Damentaschentuch mit dem Anfangsbuchstaben „H“ in einer Ecke. Der Eigentümer kann das Eigentum zurückerhalten, indem er den Besitz nachweist und den Finder belohnt. Auf Vertumnus auftragen, Clytie, Lotus Pool, Arcadia zwischen zehn und zwölf pflegen.“

„Was ist die Belohnung?" Sie fragte. Er schüttelte nachdenklich den Kopf.

„Ich habe mich noch nicht entschieden. Etwas – ziemlich nettes, finde ich."

Eine leichte Röte schlich sich in ihre Wangen und sie richtete ihren Blick auf den Pool.

„Heute ist es viel kühler", sagte sie.

„Ja, das Gewitter der letzten Nacht hat die Luft gereinigt", antwortete er in einem ähnlichen Plauderton. Sie warf einen Blick auf die winzige Uhr, die an ihrem Gürtel hing. Dann murmelte sie etwas und sprang leichtfüßig auf, bevor Ethan ihr zu Hilfe kommen konnte.

"Du gehst nicht?" fragte er bestürzt.

Sie nickte ernst.

„Aber es ist noch ziemlich früh!"

„Ich halte es nicht für richtig, etwas mit Unehrlichkeit in Verbindung zu bringen", antwortete sie streng. „Du weißt ganz genau, dass dieses Taschentuch mir gehört!"

„Ja, das tue ich", antwortete er. „Das heißt, ich habe gesehen, wie du es gestern fallen ließest. Wahrscheinlich gehört es wirklich jemand anderem. Es sei denn –" er lächelte – „ es sei denn, Sie haben es bei einem Schnäppchenpreis gekauft?" In diesem Fall spielte der Anfangsbuchstabe vermutlich keine Rolle."

„Wirst du es mir geben?“ fragte sie ohne zu lächeln.

„Aber es ist so eine Kleinigkeit!“ er flehte ernsthaft. „Sie haben so viele weitere, dass Ihnen der Verlust dieses Exemplars sicherlich keine Unannehmlichkeiten bereiten wird. Und ich – ich habe Gefallen daran gefunden.“

„Das ist eine bequeme Ausrede für Diebstahl!“ Sie antwortete.

„Das ist das Einzige, was ich anbieten kann“, antwortete er bescheiden.

„Aber – es ist so absurd!“ sie weinte ungeduldig. „Was kannst du damit wollen?“

Er schwieg einen Moment. Sie warf einen verstohlenen Blick auf sein Gesicht und ging dann ein paar Schritte auf das Haus zu.

„Ich frage mich, ob du wirklich willst, dass ich es dir sage?“ er überlegte.

"Sag mir, was?" fragte sie unbehaglich.

„Warum ich es behalten möchte.“

„Ich glaube nicht, dass ich besonders interessiert bin“, antwortete sie kalt. „Wirst du es zurückgeben?“

"Vielleicht; in einem Moment. Du willst den Grund nicht hören?"

„Ich – na ja, was ist der Grund?“ sie fragte ungeduldig.

„Eine ganz einfache. Als Taschentuch allein reizt es mich nicht besonders. Ich glaube, ich habe schönere gesehen –“

"Also!" sie schnappte nach Luft.

„Mein Wunsch, es zu behalten, ergibt sich aus der einfachen Tatsache, dass es dir gehört, Clytie.“

Sie bemühte sich, seinem Blick mit jemandem zu begegnen, der das gebührende Maß an hochmütigem Groll an den Tag legte. Doch der Versuch scheiterte. Nach dem ersten Blick fielen ihr die Augen, das Blut kroch ihr ins Gesicht und sie wandte sich schnell ab.

„Darf ich es bitte behalten?“ fragte er leise.

Sie ging schnell den kleinen Hang unter den Bäumen hinauf.

„Clytie!" er hat angerufen. Sie hielt inne, ohne sich umzudrehen, um zuzuhören.

„Darf ich es behalten?"

Clytie senkte den Kopf und verschwand schnell aus ihrem Blickfeld.

VII.

Ethan streckte seine Arme aus, keusch gekleidet in blau-weiß gestreifte Madras, gähnte ausgiebig, löste seine Beine aus dem Laken, in das sie verwickelt waren, und erwachte; Als er aufwachte, stellte er fest, dass das Sonnenlicht durch den Raum tanzte und seine Pinsel auf dem alten Mahagoni-Schreibtisch strahlend verwischten. Als er aufwachte, sah er ein Rotkehlchen, das von den Zweigen direkt vor der Tür aus inbrünstig seine kurze Ballade durch das Fenster anstimmte; Als er erwachte, fand er sich in einer neuen und wunderbaren Welt wieder, einer Welt, die von einem Mädchen mit violetten Augen, einem immer wiederkehrenden Rotkehlchen und ihm selbst bevölkert wird!

Er war verliebt!

Die Erkenntnis dieser Tatsache überkam ihn mit herzzerreißender Plötzlichkeit. Er war letzte Nacht ohne Vorahnung eingeschlafen; Er erwachte nun zu einer verblüffenden Erleuchtung seines Geistes. Woher kam die Nachricht? Von dem tanzenden Sonnenlicht, das über die alten Bretter strömt? Von der duftenden Brise, die da draußen die Blätter bewegte? Vom perferviden Klatsch der geschwollenen Kehle? Wer könnte es sagen? Und doch war es da, dieses Wissen, so real wie die grüne Sommererde, die ihn erwartete, ebenso Teil seines Lebens wie der Atem, den er holte!

Er lag lange Zeit da, die Hände unter dem Kopf verschränkt, blickte mit einem glücklichen Lächeln auf dem Gesicht in die wunderschöne grüne, goldene und azurblaue Welt hinaus und dachte über neue und unbeschreibliche Gedanken nach. Es ist herrlich, sich zum ersten Mal wirklich, völlig verliebt zu finden, herrlich, wunderbar, fesselnd ...

Das Rotkehlchen hörte mit seinem Lobgesang auf und schwieg, den Kopf aufmerksam geneigt. Vielleicht waren seine Ohren besser als deine oder meine, und er hörte ein Lied, das süßer und triumphaler war als alle seine eigenen, denn nachdem er einen Moment lang zugehört hatte, breitete er seine Flügel aus und schwebte über sonnenbeschienene Räume hinab zum Obstgarten.

Ich frage mich, ob der Rasierhobel nicht für den verliebten Mann erfunden wurde. Sicher ist, dass Ethan heute Morgen nie eine andere Sorte hätte gebrauchen können. Manchmal rasierte er sich, getrieben von einer wahnsinnigen Ungeduld, draußen und fort zu sein, hektisch, als fürchtete er, die Natur würde ihre Landschaft zusammenrollen und verschwinden, bevor er sie erreichen konnte; Manchmal stand er regungslos da und starrte blind auf seine Nasenspitze, die sich im alten Spiegel spiegelte. Jetzt pfiff er munter, nur um mitten im Ton innezuhalten und in stille Schwerkraft zurückzufallen. Kurz gesagt, er zeigte alle geistigen und körperlichen Symptome, die normalerweise mit seiner Krankheit einhergehen; Die Temperatur ist erhöht, der Puls ist gleichzeitig voll und flatternd, die Atmung ist unregelmäßig, die Pupillen der Augen sind leicht erweitert, der Geist ist offenbar beeinträchtigt.

Er kleidete sich mit ungewöhnlicher Sorgfalt und bedauerte die Tatsache, dass seine Auswahl an Kleidungsstücken auf zwei Anzüge beschränkt war. Weder blauer Serge noch grauer Homespun schienen für diesen Anlass geeignet; sein Herz sehnte sich nach Purpur und feinem Leinen. Doch endlich war er angezogen und eilte die knarrende Treppe hinunter zu einem späten Frühstück. Vierzig Minuten später schwebte er inmitten der Lilien von Arcady.

* * * * *

Diese Reihe von Sternen, lieber Leser, ist das typografische Äquivalent von drei verschwendeten Stunden im Leben von Ethan Parmley – drei leeren, unglücklichen Stunden, die er in und um eine alberne alte Pfütze verbracht hat, die nach Apothekerladen riecht (ich verwende jetzt seine eigene Sprache). mit nur einem Trio idiotischer Schwäne, mit denen man reden kann. Die Nymphe mit den violetten Augen kam nicht.

Und doch sah er sie an diesem Tag; Er erhaschte einen flüchtigen Blick auf sie, der seinen Hunger zugleich stillte und steigerte. Er war nach dem Abendessen auf der Veranda des Gasthauses und rauchte mürrisch, als eine clevere Falle aus der Richtung von The Larches vorbeiflog. Darin befanden sich ein Kutscher und zwei Damen. Eine der Damen hatte violette Augen, aber da ihr Kopf von ihm abgewandt und teilweise von einem weißen Sonnenschirm verdeckt war, konnte er es im Moment nicht beweisen. Was die andere betrifft, konnte er nicht sagen, ob sie jung oder alt, hell oder

dunkel war. Die beiden glitzernden, gepflegten Buchten ließen Ethan kaum
Zeit zum Beobachten. Im Nu waren die Kutsche und ihre kostbare Last
verschwunden. Und obwohl er den Rest des endlosen Sommernachmittags
die Veranda nie länger als eine Minute verließ, fand er keine Belohnung. Es
gab andere Straßen, die nach The Larches führten.

Die Abendpost brachte ihm eine Nachricht von Vincent Graves:

„Farrell ist am Montag mit dem Auto und Ihrer Notiz hier aufgetaucht.
Ich habe versucht, von ihm herauszufinden, was Sie vorhatten, aber er
wusste es entweder nicht oder übte eine Diskretion aus, die ich ihm nie
zugetraut hätte. Ich hoffe, es ist nichts weiter als ein Sonnenstich; Es ist
bekannt, dass Menschen sich davon erholen und ihr Gehirn fast so gut wie
neu ist. Wie auch immer, ich komme in ein paar Tagen vorbei, um es mir
selbst anzusehen. Ich weiß alles über Mythologie – Schwerpunkt auf dem
Mythos . Aber schauen Sie, kein Wildern auf meinen Konserven! Gestern
wurde ich aufgrund der Zeitvorgabe Dritter; Ich hätte es besser gemacht,
wenn ich meinen Fock nicht an der Außenmarke mitgerissen hätte. Kein
nennenswerter Wind. Kannst du nicht zum Rennen am Samstag kommen?
Wir hatten das Auto ein- oder zweimal draußen. Da stimmt etwas nicht.
Farrell liegt heute im Krankenhaus. Mein Kompliment an sie, aber sag ihr,
dass ich dich hier brauche.

"Dein,

„ *Vincent* .“

Nach dem Abendessen stellte Ethan einen Stuhl an das offene Fenster seines Zimmers, stellte die Lampe vorsichtig auf die Kommode, wo das Licht auf die Mappe in seinem Schoß fallen würde, und antwortete Vincent:

„Mein lieber Vincent (schrieb er), das Leben in Arkadien verläuft sanft. Clytie, die neben ihrem mit Blütensternen übersäten Teich so lange verliebt auf den feurigen Apollo geblickt hat, lauscht nun den umwerbenden Tönen des grünbekränzten Vertumnus. Sie füllt die Laubmulde nicht mehr mit ihren Tränen und sanften Vorwürfen, sondern lehnt sich zurück, wo schattenspendende Zweige den heftigsten Strahlen des Sonnengottes trotzen, und lächelt Vertumnus zeitweise an. Und während er sein Herz in den warmen blauen Augen ihrer Augen badet, vergisst er die allzu schüchterne Pomona und schwört ihr ab. So, Freund, läuft das Drama von Clytie ab, der dämmernden Nymphe des Lotusteichs; von Apollo, dem strahlenden und unnahbaren Herrn der Sonne; und von Vertumnus, dem bescheidenen und verliebten Gott der Jahreszeiten. Freund, aus Liebe zu mir bitte die schöne Venus, meine Sache zu unterstützen!

„Und jetzt sei Jupiter mit dir! Der Nachtwind streicht sanft durch die mondbeschienenen Lichtungen Arkadiens und trägt den herzergreifenden Duft von Lilie und Lotus in meine Nase. Es ist Clyties Atem auf meiner Wange. Ach, mein Freund, ich weine um dich, dass du in Arkadien niemals die Liebe eines Gottes zu einer Nymphe erfahren kannst! Möge Somnus , der sanfteste der Götter, dir süße Träume senden. Lebewohl.

„ VERTUMNUS. ”

„Und jetzt, nachdem ich das durchgelesen habe, sehe ich klar, dass es außerhalb deines Verständnisses liegt, mein Freund, und dass es daher sein kann, dass es deine Augen nie erreichen wird.“

Das ist nie passiert.

VIII.

Selbst in Arcady regnet es manchmal.

Als Ethan am nächsten Morgen aufstand , stellte er fest, dass Apollo sich ausruhte und dass Jupiter die Dinge ganz nach seinen Wünschen regeln würde. Am Fuße des Obstgartens schäumte und brodelte der kleine Fluss mit kümmerlicher Heftigkeit. Das Gras war gestampft und durchnässt und das Laub war trocken . Aber im Schutz der Ulme vor dem Fenster zwitscherte ein Rotkehlchen fröhlich und dachte zweifellos an die bevorstehenden Geschmacksfreuden.

„Nun, du nimmst es philosophisch, mein Freund", murmelte Ethan, „und ich könnte genauso gut deinem Beispiel folgen, auch wenn ich eine Seele habe, die über fetten Würmern steht. Irgendwann muss es aufhören, und ich könnte in der Zwischenzeit genauso gut das Beste daraus machen. Dennoch", fügte er reumütig hinzu, „reizt mich ein ganzer Tag in dieser baufälligen alten Arche nicht besonders."

Er zog sich gemächlich an, frühstückte langsam und versuchte anschließend, sich die Zeit mit einem Buch am Fenster im Schankraum zu vertreiben. Der Band, ein in Papier verpackter Roman, den ein ehemaliger Gast hinterlassen hatte, reichte völlig aus. Es ist zweifelhaft, ob er der fesselndsten Geschichte, die je geschrieben wurde, seine ungeteilte Aufmerksamkeit hätte widmen können. Der Regen, der an den winzigen Scheiben herunterlief, fing seltsame Farbtöne vom alten Glas und dem Licht der knisternden Holzscheite im Kamin ein. Manchmal waren sie grün wie zarte neue Apfelblätter im Mai, manchmal blau wie vom Regen durchnässte Veilchen, wie – nein, nicht so, sondern erinnerten eher an bestimmte Augen! Ah, da gab es Stoff zum Nachdenken! Der Roman lag mit der Vorderseite nach unten auf seinem Knie, die Zigarette hing nachdenklich aus seinem Mundwinkel und seine Hände steckten tief in den Taschen. Jene Augen! Regendurchnässte Veilchen? Bei Gott , ja! Kein Vergleich, kein Vergleich könnte besser sein! Vom Regen durchnässte Veilchen, berührt vom gelben Licht der Sonne, die sich durch graue Wolken zurückschleicht! Ziemlich ausführliche Beschreibung, dachte er mit einem Lächeln über seine Sentimentalität. Das Lächeln vertiefte sich, als er sich an den winzigen blauen Kreis unter dem linken Auge erinnerte, eine kleine blaue Ader, die sich mit bezaubernder Deutlichkeit von der warmen Blässe der Haut abhob wie eine Ader in sanftem Marmor. Es war eine Kleinigkeit, an die man sich erinnern konnte, in jeder Hinsicht wenig, aber es kam ihm wie ein wahrer Triumph der Erinnerung vor! Als er die Augen halb schloss, konnte er es fast sehen.

Zuschlagen!

Der papierumhüllte Roman fiel zu Boden und lag hilflos da und flatterte mit seinen Blättern. Er rettete es und suchte seinen Platz erneut auf, wobei er voller Belustigung über seine Dummheit lächelte.

„Ich benehme mich auf jeden Fall wie ein Idiot", dachte er. „Ich hätte nie gedacht, dass Verliebtheit so verdammt beunruhigend ist. Das Erste, was ich weiß: Wenn ich die Zügel nicht ziemlich ruhig in der Hand habe, werde ich Gedichte schreiben oder durch die Gegend streifen und Herzen und Initialen in die Baumstämme schneiden! Hm; Lass mich jetzt sehen; wo war ich? Ah, hier haben wir es!

„„Garrison legte das Diamantschmuckstück vorsichtig zurück auf den Schreibtisch und zog langsam an seiner Zigarre. Dann wandte er sich mit beunruhigender Plötzlichkeit an Mrs. Staniford . „Es besteht keine Möglichkeit eines Fehlers?" er hat gefragt. „Keine", war die feste Antwort. „Könnten Sie vor Gericht auf die Identität dieses Juwels schwören?" "Ja." Garrison holte einen kleinen runden schwarzen Gegenstand aus seiner Tasche und hielt ihn an sein Auge. Dann nahm er das Schmuckstück wieder auf und beugte sich fest darüber. „Meine liebe Frau", sagte er leise, „wenn Sie das täten, würden Sie einen schweren Fehler machen." "Wie meinst du das?" sie weinte heftig. „Ich meine", war die lächelnde Antwort, „dass das nicht eines Ihrer Juwelen ist – es sei denn –" „Nun?" fragte sie ungeduldig. „Es sei denn, meine liebe Frau, Sie tragen Paste!" Ein scharfer, unwillkürlicher Ausruf der Überraschung ließ sie aufschrecken. Sie drehten sich schnell um. „Lord Burslem durchquerte die Bibliothek mit bleicher, ernster Miene."

"Pah! Ich wusste die ganze Zeit, dass die Dinger klebrig sind", seufzte
Ethan. „Singleton ist Mrs. Stanifords Sohn aus einer früheren Ehe, und sie
hat die Steine geklaut und ihm gegeben, um ihn aus einer misslichen Lage zu
befreien, was vielleicht etwas mit dieser tränenreichen Miss Deene zu tun hat;
Zumindest etwas, worüber sie Bescheid weiß. Laurence ist so unschuldig wie
der unberührte Schnee oder wie auch immer das richtige Gleichnis lautet,
und wenn ich mit dem letzten Kapitel weitermache, werde ich diese Tatsache
herausfinden. Aber ich glaube lieber, dass er schuldig ist. Er trug eine
Gardenie im Knopfloch, und damit ist die Sache geklärt. Ich kann einen
Mann nicht ertragen, der Gardenien trägt. Ich bestehe darauf, dass er
schuldig ist."

Er warf das Buch durch den halben Raum, stand auf, streckte seine langen
Arme über den Kopf und starrte aus dem Fenster. Der Regen fiel direkt vom
dunklen Himmel auf eine Art und Weise, die Isaac Newton zweifellos sehr
gefallen hätte, da er so perfekt die Anziehungskraft der Schwerkraft zeigte.
Die Tropfen waren von enormer Größe, und als einer auf die Fensterscheibe
traf, breitete er sich zu einer Pfütze aus, bevor er zum Fensterrahmen
hinabtropfte. Ethan schaute eine Weile zu , dann gähnte er, warf einen Blick
auf die Uhr und schlenderte zum Abendessen.

Gegen drei Uhr hellte sich der Himmel etwas auf und der heftige
Regenguss wich einem leisen Nieselregen. Er zog einen Regenmantel an und
machte sich auf die Suche nach der Straße. Das Gehen war nicht schlecht,
denn die Oberfläche war gut entwässert, und er hatte eine dreiviertel Meile
hinter sich, bevor er über die Entfernung oder das Ziel nachgedacht hatte.
Als er sich dann umsah und feststellte, dass die Straße rechts von einem
dekorativen Eisenzaun gesäumt war, durch den Sträucher ihre nassen Blätter
streckten, lächelte er und zuckte mit den Schultern.

„Ich hatte nicht vor, hierher zu kommen", sagte er sich, „aber jetzt, wo
ich hier bin, könnte ich genauso gut weitermachen und mich mit einem Blick
auf das Haus vergnügen."

Eine weitere Minute brachte ihn zu einem breiten Tor, das von hohen
Steinsäulen flankiert wurde. Eine gepflegte Auffahrt führte in einer Kurve
zurück zu einem großen weißen Haus, einem Haus, das etwas zu protzig war,
um Ethan vollkommen zu gefallen. Auf der einen Seite – der Seite, die, wie
er wusste, dem Lotusteich am nächsten lag – ragte eine nicht überdachte
Veranda heraus, und von dieser führten Stufen zu einer weißen Pergola.
Letzteres war ein neuer Anbau und die Weinreben hatten es noch nicht
geschafft, seine Nacktheit vollständig zu bedecken. Aus einem der Fenster
im Untergeschoss des Hauses strömte ein trübes orangefarbenes Licht.

„Dort brennt ein Feuer", sagte Ethan, „und sie sitzt davor. Ich wünschte ich wäre!"

Er zog den Kragen seines Regenmantels fester um seinen Hals, um die Tropfen fernzuhalten, und seufzte.

„Wissen Sie", fuhr er dann etwas trotzig fort und wandte sich offenbar an die Residenz, „es gibt keinen Grund, warum ich nicht direkt die Auffahrt hinaufgehen, klingeln und nach – nach Mr. Devereux fragen sollte." Ich habe die beste Ausrede der Welt. Und sobald ich drinnen war, wäre es seltsam, wenn ich sie nicht sehen würde. Ich habe Lust, es zu tun! Nur – vielleicht wäre es ihr lieber, wenn ich es nicht täte. Und – das werde ich nicht."

Er nahm einen letzten Blick auf das Gelände und wandte sich mit einem weiteren Seufzer ab. Bevor er den Inn erreichte, hatten sich im Süden die Wolken aufgelöst und ein leichter Wind schüttelte die Regentropfen von den Blättern entlang der Straße.

„Eine gute Segelbrise", dachte er. „Und übrigens, heute ist Samstag. Ich sollte in Stillhaven sein und Vin dabei helfen, dieses Rennen zu gewinnen. Ich glaube, ich habe ihn enttäuscht. Allerdings kann ein Mensch nicht gleichzeitig an zwei Orten sein; das sollte er wissen."

IX.

Die leichte Brise hatte die ganze Nacht durchgehalten, und heute Morgen waren die Bäume und Sträucher wieder ziemlich trocken, sahen aber besser zum Baden aus. Es war Sonntag, und als das Kanu in den Hafen des Lotusteichs trieb, läutete in der Ferne eine Kirchenglocke. Vielleicht, sagte er sich mit plötzlicher Verzweiflung, war er dazu verdammt, einen weiteren Tag ohne Clytie zu sehen; denn es könnte sein, dass die Familie zur Kirche fahren würde. Aber der erste schöne Blick um ihn herum zerstreute seine Vorahnungen. Sie stand am Rand des Teiches und warf den Schwänen Brotkrümel zu . Sie sah ihn fast im selben Moment und lächelte.

„Kommen Sie bitte nicht näher", sagte sie. „Du wirst ihnen Angst machen."

Gehorsam tauchte er sein Paddel ein und saß schweigend im Schaukelboot, bis der letzte Krümel verteilt war und sie die Krümel von ihren ausgestreckten Händen gewischt hatte. Sie bückte sich, nahm ein Buch aus dem Gras und sah ihn an.

„Darf ich an Land kommen?" er hat gefragt.

„Sie begehen bereits schrecklich Hausfriedensbruch", wandte sie ein.

„„Für einen Penny, für ein Pfund"", antwortete er und schickte das Kanu vorwärts. „'Könnte genauso gut für ein Schaf gehängt werden wie für ein Lamm.' Und wenn mir weitere Sprichwörter einfallen würden, die auf das Thema anwendbar sind , würde ich sie zitieren." Er sprang heraus und zog den Bug des Kanus auf den Rasen.

„Es würde Ihnen aber nichts ausmachen, wenn ich mich weigere, bei Ihnen zu bleiben und gehängt zu werden?" Sie fragte.

„Im Gegenteil, es würde mir sehr viel ausmachen. Tatsächlich verlange ich, dass Sie bleiben und eine Kaution für mich stellen, falls ich festgenommen werde.“

„Ich fürchte, ich könnte es mir nicht leisten“, antwortete sie.

„Ihr Wort würde zweifellos dienen“, sagte er. „Wenn du ihnen sagen würdest, welchen hervorragenden Charakter ich habe, könntest du mich vielleicht ungeschoren davonkommen lassen.“

„Aber ich glaube nicht, dass ich genug über deinen Charakter weiß.“

„Da ist etwas dran“, gab er zu. „Vielleicht sollten Sie mich in den nächsten ein oder zwei Stunden genau beobachten. Durch Beobachtung kann man viel über den Charakter einer anderen Person erfahren.“

„Wie kann ich das tun, wenn ich in die Kirche gehe?“

„Das kannst du nicht. Das ist einer der Gründe, warum du nicht in die Kirche gehst.“

"Oh! Und – gibt es noch andere Gründe?“

"Ja."

„Vielleicht solltest du besser ein paar davon geben. Ich glaube nicht, dass der erste besonders überzeugend ist.“

„Nun, ein weiterer Grund ist, dass ich dich seit drei Tagen nicht gesehen habe.“

Sie schüttelte ernst den Kopf.

"Mach bitte weiter."

"Nicht gut genug? Nun ja, ein weiterer Grund ist, dass du mich drei Tage lang nicht gesehen hast."

Sie lachte amüsiert.

„Immer schlimmer", sagte sie.

„Ich dachte nicht, dass dir dieser Streit sonderlich gefallen würde", antwortete er fröhlich. „Es hatte gewissermaßen den Charakter eines Experiments, wissen Sie? Aber der eigentliche unbeantwortbare Grund ist dieser: Ich habe es sehr vermisst, dich zu sehen, ich war sehr langweilig, du bist von Natur aus gutherzig und würdest nicht unnötig Schmerz oder Enttäuschung hervorrufen, und ich bitte dich, mir ein paar Momente deiner selbst zu schenken fröhliche Gesellschaft! Ist das besser?"

„Das liegt mir nicht besonders am Herzen."

„Fräulein Devereux –"

„Was habe ich dir gesagt?" sie warnte.

„Ich bitte um Verzeihung! Aber – jetzt wirklich, lassen Sie mich Sie bitte bei einem Vornamen nennen! Ich – ich würde gerne einen Abschluss in Mythologie machen."

„Ich glaube nicht, dass es für Sie angemessen wäre, mich bei meinem Vornamen zu nennen", antwortete sie zurückhaltend.

„Ein Vorname, sagte ich", antwortete er geduldig. „Sagen Sie mir bitte, warum Sie nicht möchten, dass ich Sie mit Miss Devereux anspreche."

„Weil –" Sie hielt inne und senkte den Blick. „Wir wurden nie richtig vorgestellt, oder?"

"WAHR! Erlaube mir, bete! Miss Devereux, darf ich Ihnen Herrn Parmley vorstellen ? Herr Parmley , Miss Devereux!" Er trat vor, lächelte höflich und murmelte seine Freude, und bevor sie wusste, was geschah, schüttelte er ihr die Hand. „Ich freue mich sehr, Sie kennenzulernen, Miss Devereux!" versicherte er ihr herzlich.

Sie wich zurück, versuchte ihre Hand von seiner zu lösen und lachte fröhlich.

„Ist das das, was Sie eine richtige Einleitung nennen?" Sie fragte.

„Nun, das ist das Beste, was ich unter diesen Umständen tun kann", antwortete Ethan. „Da ich keine gemeinsamen Bekannten zur Hand habe, wissen Sie –"

„Glaubst du nicht, dass du jetzt vielleicht loslassen könntest?" fragte sie und ihr Lachen wurde zu einem nervösen Lächeln.

"Lass los?" wiederholte er fragend.

"Bitte! Du hast meine Hand!"

Er blickte leicht überrascht darauf herab; dann in ihr Gesicht.

„Ist das nicht das Seltsamste? Ich war noch nie so überrascht ——!"

„Aber – Mr. Parmley , bitte lass los", bettelte sie.

„Du willst nicht sagen, dass ich es noch habe?" Er versuchte, entspannt zu wirken und nachlässig zu sprechen, aber sein Herz hämmerte, als würde er versuchen, den Anvil-Chor ganz alleine zu singen, und seine Stimme war nicht ganz ruhig.

„Das tue ich", antwortete sie kalt und biss sich ein wenig auf die Lippe. In jeder Wange brannte eine rote Scheibe. Ihr Blick war auf seine gefangene Hand gerichtet. „Außerdem tust du mir weh", fügte sie hinzu und griff auf die Lüge zurück, die für eine Frau in einer solchen Zwickmühle die letzte Rettung ist. Aber er schüttelte nüchtern den Kopf.

„Entschuldigen Sie, aber das ist unmöglich. Du wirst bemerken, dass meine Hand ganz locker um deine liegt. Wenn Sie möchten, beschuldigen Sie mich der unrechtmäßigen Inhaftierung, aber nicht der Grausamkeit."

„Aber – aber es ist meine Hand", protestierte sie schwach.

„Nun, das ist nichts, womit man sich rühmen kann", antwortete er und lächelte etwas zitternd. Sie hatte die ganze Zeit ihren Blick von ihm ferngehalten und er war entschlossen, sie zu sehen, bevor er aufgab. "Guck dir meins an; es ist doppelt so groß!"

Die braunen Wimpern zuckten für einen Moment und Ethan bereitete sich auf den Schock vor, in diese violetten Augen zu blicken. Er wusste nicht, was passieren würde, versicherte er sich in einer plötzlichen köstlichen Panik, und es war ihm egal. Wahrscheinlich würde er etwas schrecklich Unhöfliches tun, etwas, das sie erschrecken und verärgern würde, etwas, das sie ihm niemals verzeihen würde! Vielleicht warnte sie das plötzliche Zittern seiner

Hand um ihre, denn die Wimpern lagen wieder still. Es folgte ein Moment der Stille, in dem Ethans Herz drohte, ihn zu ersticken. Dann hörte die kleine warme Hand auf einmal auf zu ziehen und lag schlaff und reglos in seiner. Sie drehte den Kopf und blickte zu den Bäumen und dem Schatten.

„Wenn wir längere Zeit Händchen halten wollen", bemerkte sie kühl, „setzen wir uns vielleicht besser hin und machen es uns bequem."

Ethan ließ sie sofort los, während eine Welle brennender Farbe über sein Gesicht strich. Er fühlte sich furchtbar klein und lächerlich! Ihm wurde klar, dass er es für selbstverständlich gehalten hatte, dass sie ähnliche Gefühle wie er empfunden hatte, und dass sie stattdessen nur gelangweilt und – und verärgert gewesen war! Er folgte ihr langsam den Hang hinauf, beschimpfte sich wild und dachte darüber nach, sich in einer Reihenfolge zurückzuziehen, die noch möglich war. Sie setzte sich bequem im Gras, mit dem Rücken gegen den glatten, runden Stamm eines Ahorns gelehnt, und klopfte ihre Röcke ab. Dann blickte sie ruhig zu ihm auf.

„Ist dir klar", fragte sie, „dass du dafür gesorgt hast, dass ich zu spät zur Kirche komme?"

Er war dankbar für den bereitwilligen Themenwechsel und ärgerte sich darüber, dass sie sich so wenig aus der Fassung bringen ließ. Sein eigenes Herz tanzte immer noch.

„Ich bin ein bescheidenes Werkzeug der Vorsehung", antwortete er so sanft er konnte und ließ sich in respektvollem Abstand zu den Spitzen ihrer kleinen Schuhe auf den Boden fallen.

„Das klingt ein wenig sakrilegisch", sagte sie. „Außerdem – *bescheiden* ?"

„Bescheiden, ja", antwortete er. „Mir fällt kein besseres Wort ein, es sei denn, es heißt ‚beschämt'."

„Aber warum bezeichnen Sie sich selbst als Instrument der Vorsehung? Weil du dort wohnst?"

„‚Das klingt ein wenig sakrilegisch'", zitierte er. „Ich meinte, wenn man in die Kirche gegangen wäre, hätte man sich sehr aufgewärmt und wäre möglicherweise mit Kopfschmerzen zurückgekehrt. Davor habe ich dich gerettet."

"Danke schön! Aber ohne die Einführung hätte ich natürlich nicht bleiben können!"

„Das ist klar", antwortete er ernst. Sie lächelte, als ob ein Gedanke sie amüsierte, und Ethan fühlte sich ein wenig unwohl.

„Es ist möglich", sagte sie nachdenklich, „dass Sie doch einen gemeinsamen Bekannten gefunden haben, der die Zeremonie für Sie durchführt."

„Oh, das wage ich zu sagen; Normalerweise kann man das, wenn man lange genug jagt. Es ist ein recht häufiger Prozess und nicht besonders schwierig. Ich frage zum Beispiel: „Sie kennen sich in Boston, Miss Dev – Miss Unknown!" Sie antworten: „Leicht, Mr. Parmley ." „Vielleicht kennen

Sie die Smiths?" „Smith, Smith? N – nein, das glaube ich nicht. Sind sie Freunde der Jones?' 'Ich wage zu behaupten; Ich habe die Joneses noch nie getroffen. Aber wenn ich darüber nachdenke, waren letzten Sommer einige Joneses zu Besuch bei den Robinsons in Nahant; er ist Bankier, glaube ich; „Da waren zwei Töchter und ein Sohn, die gerade aufs College kamen." „Oh, warst du bei Nahant?" du erkundigst dich. „Dann haben Sie dort vielleicht die Browns getroffen?" 'Ja.' 'Wirklich? Ist das nicht lustig? Kannten Sie Gwendolin ?' „Na ja, eher!" Ich antworte in einem Ton, der andeutet, dass es ziemlich verzweifelt war, solange es anhielt. „Ist das nicht seltsam?" rufst du aus. „Ja, komisch, wie klein die Welt ist, nicht wahr?" Ich bemerke es mit verblüffender Originalität. Dann kennen wir uns. Ja, es ist die Einfachheit selbst."

„Das hört sich auf jeden Fall so an!" Sie lachte. „Lasst es uns versuchen!"

"Sehr gut."

Sie runzelte einen Moment lang aufmerksam die Stirn, dann

„Kennen Sie sich in Stillhaven , Mr. Parmley ?" Sie fragte.

„Warum, ja", antwortete er überrascht.

„Dann kennen Sie vielleicht die – die Penniwells ?"

„Tut mir leid, das nicht zu sagen", antwortete er lachend.

"NEIN? Sie wohnen im Nebenhaus des Hotels."

"Hotel? Ah, ich glaube, ich habe die Hotels kennengelernt! Gab es einen Sohn in meinem Alter, mit –"

„Seien Sie nicht absurd!" Sie lachte. „Wir kommen nie weiter, wenn du dich nicht an die Regeln hältst."

„Das dachte ich", antwortete er.

"Lassen Sie mich sehen! Oh ja, die Graveses , kennst du sie?"

"Warum ja; Tust du?" antwortete er interessiert.

„Ich habe sie getroffen."

„Vincent ist ein großartiger Freund von mir", sagte er eifrig. „Ich war eine Zeit lang unterwegs, um sie zu besuchen, als ich hier Halt machte."

"Wirklich?" Sie weinte. „Wie klein die Welt doch ist!"

Sie lachten zusammen. Dann,

„Und du kennst Vin?“ er hat gefragt.

„Ja, ich – ich habe ihn getroffen“, antwortete sie. Ihr Ton klang verlegen.

"Oh!" sagte Ethan nachdenklich. Hatte er die Erklärung für Vincents rätselhafte Warnung herausgefunden? War das Mädchen vor ihm die „Konserve“, von der sein Freund sprach? Ethans Herz sank für einen Moment. Unsinn! Sie hatte deutlich angedeutet, dass sie ihn nur flüchtig kannte, was bedeutete, dass sie nicht mehr zu Vin als zu ihm gehörte. „Du kennst ihn also nicht sehr gut?“ fragte er besorgt.

„Bist du nicht ein – na ja, nur ein kleines bisschen neugierig?“ fragte sie lächelnd.

„Es mag so klingen“, gab er zu, „aber es bedeutet mir sehr viel; es ist ziemlich wichtig.“

"Wichtig?" wiederholte sie verwundert.

„Ja, sehen Sie –“ Aber er konnte natürlich nicht erklären, warum es wichtig war. Also zappelte er einen Moment hilflos herum. „Ja – das heißt – nun, sie sind sehr gute Freunde von mir, insbesondere Vin, und –“

„Oh, du hast befürchtet, dass ich für sie vielleicht nicht die richtige Person wäre?“

„Mein Gott, nein!“

„Dann sehe ich nicht ——!“

„Ich mache dir keine Vorwürfe“, sagte er entmutigt . „Eigentlich habe ich nur Unsinn geredet. Ich – ich dachte, wenn du sie gut kennst, und ich sie gut kenne, dann kennen wir – wir uns vielleicht gut!“

Sie blickte ihn einen Moment lang traurig an. Dann schüttelte sie enttäuscht den Kopf.

„Nein“, sagte sie, „nein, das war überhaupt nicht das, was du meintest. Ich vermute, dass sogar ein Jurastudium seine Wirkung hat.“

Er lachte verlegen.

„Darf ich sehen, was Sie lesen?“ er hat gefragt.

Sie nahm den Band von ihrem Schoß, holte ernst ein gefaltetes Taschentuch zwischen den Blättern hervor, wo es als Zeichen gedient hatte, und reichte ihm das Buch.

„Es tut mir leid, dass du mir nicht vertrauen kannst“, lachte er.

„Das bin ich auch“, war die bedauernde Antwort. „Es ist schrecklich, einen Freund zu haben, der sowohl ein – ein Ausflügler als auch ein – ein – ein – ist.“

„Unterschlager“, schlug er hilfreich vor. „Ja, es ist schlimm. ‚Liebessonette aus den Portugiesen‘“, fuhr er fort und las den Titel. „Darf ich fragen, ob Sie das mit in die Kirche nehmen würden?“

„Ich hatte nicht daran gedacht. Ich nehme an, dass Sie sie, wie die meisten Männer, für albern und sentimental halten“, forderte sie heraus.

Er schüttelte den Kopf.

„Eher süß und sentimental“, antwortete er.

„Man kann wohl kaum erwarten, dass man sich um sie kümmert“, sagte sie. „Ihr Geschmack geht, wenn ich mich recht erinnere, eher in Richtung ‚The Ingoldsby Legends‘!“

„Das ist in der Tat unfreundlich“, murmelte er traurig. „Nein, ich mag diese sehr, dieses besonders; Wenn es nicht Sonntag wäre , würde ich es lesen.“

„Was hat der Sonntag damit zu tun?“ Sie fragte.

„Vielleicht nichts“, war die Antwort. „Ich wage zu behaupten, dass es nur an meinem Puritanismus liegt, der hier zum Vorschein kommt. Sie wissen, dass es für uns Neu-Engländer sehr schwierig ist, Vergnügen und Religion in Einklang zu bringen. Ich kann mir den Geist meines Ur-Ur-Ur-Großvaters vorstellen, der mit Zuckerhut und geschmücktem Hals da drüben im Schatten steht und seine Hände in heiligem Entsetzen in die Höhe streckt, als er mich am Sonntagmorgen hier sitzen sieht ein Band mit Liebesgedichten in meinen Händen.“

"Was für ein Unsinn!" sie weinte empört. „Ist Liebe nicht genauso heilig wie – wie alles andere? Ist das nicht …“ Sie hielt abrupt inne, und als Ethan den Kopf hob, blickte sie ihn an, in ihren großen Augen lag etwas, das fast wie Entsetzen wirkte.

"Was ist es?" er weinte ängstlich.

Sie schüttelte den Kopf und senkte den Blick auf die auf ihren Knien gefalteten Hände.

„Nichts", sagte sie sehr leise. Sie lachte leise und unsicher. „Gibst du mir bitte mein Buch?" Sie fragte.

„Natürlich", antwortete er immer noch verwirrt. Als er es ihr dann reichen wollte, öffnete sich das Vorsatzblatt, und er zog es zurück. „Laura Frances Devereux", las er laut vor. Er lächelte fragend, als er den Band zurückgab.

„Das beweist nichts", antwortete sie trotzig. „Ich – ich hätte es vielleicht ausgeliehen."

„Wahre Indizienbeweise sind nicht absolut schlüssig, es sei denn – es sei denn, es gibt viele davon!"

„Du denkst vielleicht, was du wählst", antwortete sie leichthin. Sie schaute auf ihre Uhr und bereitete sich darauf vor, aufzustehen. Diesmal war Ethan bereit. Sie reichte ihm die Hand und er half ihr auf die Beine. Die Hand zog sich sanft, aber entschlossen aus seiner heraus und er ließ sie ohne Widerstand los.

„Musst du gehen?" er hat gefragt.

Sie nickte. Dann lachte sie.

„Wenn Sie nur wüssten, welche Schwierigkeiten ich habe, hierher zu kommen, würden Sie es zu schätzen wissen …" Sie brach ab und wurde ein wenig rot.

„Das weiß ich zu schätzen", sagte er ernst. „Und ich danke Ihnen vielmals für Ihre Freundlichkeit heute Morgen gegenüber einem sehr unverdienten Kerl. Ich – wissen Sie, Miss Devereux, dass ich gestern Nachmittag um Haaresbreite bei The Larches vorbeigekommen bin?"

Sie blickte schnell auf.

„Ja, ich bin am Nachmittag spazieren gegangen und habe mich am Tor dort drüben wiedergefunden. Ich konnte sehen, dass es in der Bibliothek gebrannt hat und –"

„Aber woher wussten Sie, dass es die Bibliothek war?" Sie fragte.

„Warum – ähm – war es nicht? Ich nahm an, dass es so war. Jedenfalls sah es furchtbar verlockend aus. Ich habe mir vorgestellt, wie du davor sitzt, und hätte beinahe einen Anruf getätigt."

„Ich bin froh, dass du es nicht getan hast", hauchte sie.

"Warum?"

„Weil – warum, du kennst mich nicht!"

„Ich hätte nach deinem Vater fragen und mich vorstellen sollen."

„Nun ja, an Sicherheit mangelt es Ihnen bestimmt nicht!" sie schnappte nach Luft.

„Es wäre alles in Ordnung gewesen", versicherte er ihr fröhlich.

„Aber Sie hätten ihn nicht gefunden", sagte sie trocken.

„Dann hätte ich nach Frau Devereux und, falls sie versagt hätte, nach Frau Devereux gefragt. Weißt du, gestern war ich etwas verzweifelt", fügte er lächelnd hinzu.

"Verzweifelt! Ich würde tollkühn sagen!"

"Warum? Weil ich dich sehen wollte? Schauen Sie bitte hier; Warum sollte ich dich nicht zu Hause besuchen? Wie ich Ihnen bereits sagte, bin ich ziemlich respektabel. Und – und ich möchte dich öfter sehen! „Ich schätze, das klingt furchtbar frech", fuhr er leise fort, „aber ich möchte, dass du mich magst, und es kommt mir nicht so vor, als ob ich eine faire Show bekomme."

Die Farbe kam und ging in ihren Wangen und die Veilchen blieben ihm verborgen.

„Es klingt auf jeden Fall – frech, wie Sie es nennen", sagte sie nach einem Moment ziemlich unsicher. „Wenn man bedenkt, dass du mich nur viermal gesehen hast."

„Fünf, bitte. Außerdem sehe ich nicht, dass das wichtig ist. Tatsächlich glaube ich eher, dass der Unfug gleich beim ersten Mal angerichtet wurde!"

Er ergriff ihre Hand und einen Moment lang flatterte sie nur in seinem Griff. Dann versuchte es die Freiheit, aber erfolglos. Ein Moment verging und

„Machen Sie Liebe mit mir, Mr. Parmley ?" fragte sie mit einem leicht amüsierten Lachen. Es war wie eine kalte Dusche, aber er widerstand seinem ersten Impuls, sie loszulassen.

„Ja, das bin ich", antwortete er entschieden. „Genau das mache ich! Und ich werde so lange weitermachen, bis ich überzeugt bin, dass es für mich keine Hoffnung mehr gibt. Bitte wehren Sie sich nicht", fuhr er fort und ergriff auch ihre andere Hand. „Ich lasse dich gleich gehen. Vielleicht benehme ich mich ziemlich wie ein Tyrann, aber ich bin Hals über Kopf in dich verliebt, Laura, und –"

„Nein, nein! Bitte!" sie weinte mit einem kleinen Ton in ihrer Stimme.

„Was – was habe ich getan?" fragte er besorgt.

„Ich – du darfst mich nicht so nennen!"

„Sehr gut, das werde ich nicht tun – noch nicht. Aber ich sehe dich als Laura –"

„Das will ich nicht!"

„Dann werde ich versuchen, es nicht zu tun", antwortete er sanft. „Aber – könntest du mich nicht sehr glücklich machen, indem du mir sagst, dass ich eine Chance bei dir habe, Liebes? Nur der Hauch einer Chance?"

Der gesenkte Kopf schüttelte negativ.

„Das wirst du nicht? Oder – du kannst nicht?"

„Ich – das werde ich nicht", flüsterte sie.

Er stieß einen Schrei aus und versuchte, sie zu sich zu ziehen, aber sie wehrte sich mit aller Kraft.

"Bitte! *Bitte!* " sie schnappte nach Luft.

„Ich werde – versuchen, es nicht zu tun", sagte er reumütig. „Aber ich darf im Haus vorbeischauen? Du lässt mich das machen, nicht wahr?"

„Das – nehme ich an", murmelte sie leise.

"Heute?" er weinte. "Morgen?"

„Nein, nein! Warte bitte; Lass mich nachdenken." Sie blickte ihn für einen Moment besorgt an. „Zuerst muss ich dich wiedersehen. Ich muss dir etwas sagen; etwas, das einen Unterschied machen kann. Vielleicht – vielleicht willst du mich dann nicht wiedersehen!"

Er lachte verächtlich.

„Versuchen Sie es! Und wann werden Sie mir diese – diese wunderbare Neuigkeit – mitteilen? Morgen früh? Hier?"

Sie nickte und versuchte, ihre Hände loszulassen. Nach einem Moment der Unentschlossenheit ließ er sie gehen. Einen Moment lang stand sie regungslos vor ihm. Dann hob sie langsam den Kopf und er sah, dass ihre Augen feucht waren. Mit einem unartikulierten Schmerzens- und Sehnsuchtsschrei machte er sich auf den Weg, doch sie hielt ihm eine Hand entgegen.

"Bitte!" sagte sie noch einmal flehend. Seine ausgestreckten Arme fielen zur Seite. „Wenn ich nicht kommen sollte – morgen –", begann sie.

„Aber du hast es versprochen!"

"Ich weiß." Sie nickte zustimmend. „Aber – aber wenn ich nicht sollte –"

"Aber Du wirst!" er weinte. „Ich werde hier sein, Liebes! Lass mich nicht im Stich! Wenn du nicht kommst, gehe ich zum Haus!"

„Dann muss ich", sagte sie mit einem kleinen Lächeln. „Und jetzt –" Sie
ging zu ihm und legte ihre Hände auf seine Schultern und spürte, wie er unter
ihrer Berührung zitterte. Sie blickte ihn an, die Veilchen waren dunkel und
feucht von unvergossenen Tränen. „Wirst du etwas für mich tun?"

<u>Sie ging zu ihm und legte ihm die Hände auf die Schultern.</u>

Seine Augen antworteten.

„Dann, bitte ", sie senkte plötzlich beschämt den Kopf, „küss mich einmal
– und lass mich gehen."

Seine Arme schlossen sich hungrig um sie, aber sie hielt sich zurück.

"Versprechen!" Sie flüsterte: „Versprich mir, mich gehen zu lassen!"

„Ja", stöhnte er, „ich verspreche es."

Für einen Moment blickte er weit, weit hinab in trübe, wundervolle violette Tiefen ...

Dann war er allein. Er drehte sich blind zum Kanu um und trat auf das Buch, das vergessen im Gras lag. Er bückte sich, rettete es und ließ es in seine Tasche fallen.

„Ich werde ein schrecklicher Dieb!" murmelte er zitternd.

X.

Ein herrlich goldener Nachmittag, eine funkelnde silberne Nacht, und dann – Dawns rosa Fingerspitzen beben an den Rändern der Hügel und der Ausbruch eines neuen Tages zur jubelnden Ouvertüre des Orchesters der Natur.

Ethan blickte durch das offene Fenster auf den schönsten Anblick, den die Augen der Sterblichen haben: die frische, glitzernde Morgenwelt des Sommers, gesehen durch die Vergrößerungslinsen der Liebe. Der Obstgarten war frisch und lebendig mit dem zarten Grün der sonnenbeschienenen Blätter und des Grases und dunkel und kühl mit angenehmen Schattenteichen. Tausteine schimmerten unter der streichelnden Brise, und die Spitzen der ausladenden Äste nickten und flüsterten miteinander. Dahinter lachte der kleine Fluss mit der silbernen Stimme zwischen seinen Untiefen und blitzte im Sonnenlicht. Aus dem Marschland ertönte das fröhliche Gurgeln eines Schwarms Rotschulteramseln, während schwächer, aber dennoch süß und klar, das unbeschwerte Klingeln des Bobolink von den ansteigenden Wiesen herüberschwebte. Schlanke, gut trainierte Rotkehlchen balancierten zwischen den Apfelbäumen und sangen zufrieden, während sie ihre roten Westen putzten . Und lauter, klarer und fröhlicher sang Ethans Herz.

Lieber Leser, waren Sie schon einmal an einem Sommermorgen jung und verliebt? Erinnern Sie sich, wie berauschend die sanfte, süße Brise war, die durch das offene Fenster hereinströmte? Wie flüssiges Gold breitete sich der Sonnenschein über das Fensterbrett aus und tropfte auf den Boden? Wieso war jede Vogelnote nur eine unterschiedliche Wiedergabe des einen süßen Namens? Wie begierig und ungeduldig waren Sie darauf, draußen in der guten grünen Welt zu sein, und wie abgeneigt, Ihre Träume lange genug aufzugeben, um sich anzuziehen? Wie wichtig war die Auswahl einer Krawatte oder eines Bandes? Ich hoffe, dass Sie sich an diese Dinge erinnern, wenn Sie alles andere vergessen haben!

Das Lotusbecken leuchtete nie strahlender, nie funkelte es strahlender als heute Morgen. Es war nicht schwer, sich vorzustellen, dass diese schwebenden Becher die Farben enthielten, in die die Natur ihre Pinsel tauchte, bevor sie die Sommerblumen malte. Die faulen, Luxus liebenden Schwäne dösten im Sonnenlicht auf ihrer winzigen Insel. Der Wasserfall plätscherte und plätscherte über Moos und Stein. Die Saumbäume spendeten willkommenen Schatten auf die grasbewachsenen Seiten des kleinen

Beckens. Und Ethan hob sein triefendes Paddel, während das Kanu über die spiegelglatte Oberfläche kräuselte, atmete tief die duftende Luft ein und erlebte plötzlich eine überwältigende Lebensfreude, einen fast heidnischen Jubel. Es kam ihm heute Morgen so vor, als ob die Welt und er zusammen atmeten.

Es war früh, als er nach Arcady schwebte, und es gab keine violetten Augen, die ihn begrüßten. Aber seine Ungeduld wurde durch das Glück, das ihm die Erinnerung bereitete, gemildert. Er träumte dort im Sonnenschein, zündete sich ab und zu eine Zigarette an und ließ sie unbemerkt zwischen seinen Fingern ausbrennen. Weiße Wolken schwebten über den blauen Himmel und über die Oberfläche des Beckens. Libellen, deren metallisch glänzende Flügel in Flammen standen, schossen und drehten sich. Vögel sangen und Insekten summten, die Brise klatschte in die Blätter und die Momente vergingen. Als er schließlich vollständig aus seinen Träumen erwachte und verwundert auf die Uhr blickte, war der Morgen fast vorbei. Enttäuscht richtete er seinen Blick auf die kurze Aussicht, die die eifersüchtigen Bäume boten. Kein Blick auf weiße Vorhänge belohnte ihn. Sie hatte gesagt, dass sie vielleicht nicht kommen würde. Warum? Etwas beunruhigt trieb er das Kanu ans Ufer und stieg aus. Im Schatten der Weide, die durch ihre Begegnungen für immer heilig geworden war, warf er sich nieder und wartete, während der lange Zeiger seiner Uhr langsam um die halbe Skala kroch. Doch die Geduld verging wie im Flug, und als die Zeit, die er sich gesetzt hatte, abgelaufen war, sprang er auf und machte sich auf den Weg zum Rasen unter den Bäumen.

Plötzlich tauchte die Ecke der weißen Pergola auf. Dann lichteten sich die Bäume, und er blickte über eine offene, sonnendurchflutete Rasenfläche auf das glänzende Haus. Und während er hinschaute, selbst kaum wahrnehmbar im grünen Schatten des Hains, war die vordere Veranda des Hauses plötzlich mit einem Mädchen in einem weißen Kleid und einem Mann in grauen Flanellhemden bevölkert. Sie kamen durch die Tür zusammen und blieben Seite an Seite oben auf der Treppe stehen. Selbst aus dieser Entfernung erkannte Ethan sie nur zu gut. Der Mann hatte die Hand des Mädchens genommen und sprach mit ihr. Ethan schaute nur einen Moment lang zu, doch in diesem Moment sah er mit plötzlichem Kummer, wie sich der Kopf des Mädchens, das Sonnenlicht glitzerte auf dem braunen Haar, mit einer kleinen Geste intimer Freude gegenüber ihrer Begleiterin hob. Dann drehte sich Ethan in einer Übelkeit erregenden Panik, er könnte noch mehr sehen, schnell um und stürzte sich zurück in die Schatten.

Auf dem ganzen Weg zurück zum Gasthof hämmerte ihm bei jedem Schlag und jeder Bewegung des Paddels ein Refrain unaufhörlich ins Gehirn: „Keine Wilderei auf meinen Konserven! Kein Wildern auf meinen Konserven!" Was für ein Arsch er gewesen war, es nicht zu verstehen! Er hasste Vincent, wie er noch nie in seinem Leben jemanden gehasst hatte, und erkannte gleichzeitig, wie absolut ungerecht das war. Warum hatte er aus Vincents Notiz nicht erraten, wie das Land lag? Er hätte wissen können, dass Vincent niemanden außer ihr hätte erwähnen können. Aber warum konnte der Narr nicht ehrlich herauskommen und es ihm sagen? Vor einer Woche, sogar vor drei Tagen wäre es soweit gewesen! Dann, im nächsten Moment, wusste er, dass dem nicht so war, dass es schon immer zu spät gewesen war, schon seit dem ersten Treffen! Doch warum, wenn sie Vincent gehörte, hatte sie dann zugelassen, dass er sie liebte? Warum hatte sie ihre Liebe zu ihm praktisch gestanden? Warum--

Er erinnerte sich an diesen Kuss mit einem plötzlichen würgenden, klemmenden Gefühl an seiner Kehle. Hatte sie damit nichts gemeint? Nichts? Nein, sie hatte alles, alles gemeint, was er gehofft hatte! Sie liebte ihn, und weder Vincent Graves noch sonst jemand konnte sie haben! Aber dieser Jubel war nur von kurzer Dauer. Was sie gemeint hatte, war von geringer Bedeutung; Sie gehörte Vincent zumindest aus einem Versprechen heraus, und Vincent war sein Freund.

Die Dinge wurden plötzlich stark vereinfacht. Seine verwirrten Gedanken glätteten sich und er seufzte teilweise erleichtert. Zumindest war seine Pflicht klar. „Keine Wilderei auf meinen Konserven!" Er musste diese Warnung nur beherzigen und aus dem Weg gehen. Dieser Gedanke beruhigte ihn, und sein Puls hörte auf, ohrenbetäubend zu pochen. Es wäre nicht einfach, diese Pflicht! Er wusste das gut genug, obwohl er es in diesem Moment fast ruhig betrachtete. Wenn die gegenwärtige Aufregung vorbei war, würde es ihm schwerfallen, weiterzumachen!

Die Aussicht, Vincent gegenüberzutreten, beunruhigte ihn mehr als alles andere, als er das Kanu aus dem Wasser zog und es auf seinem Gestell unter den Bäumen abstellte. Vincent erwartete ihn wahrscheinlich schon jetzt oben auf der Veranda. Einen Moment lang dachte er daran, wieder das Kanu zu nehmen, sich ein Stück den Bach hinaufzuschleichen und dann zum Bahnhof zu gehen und den Zug zu nehmen – wohin auch immer! Aber es wäre eine heimliche, feige Tat. Außerdem müssen Vincent und er sich früher oder später treffen, und zwar jetzt und jederzeit . Mit leicht zitternden Fingern zündete er sich eine Zigarette an und ging durch den Obstgarten.

Wie erwartet erwartete ihn Vincent Graves auf der Veranda. Er war ein großer, dunkler, gutaussehender Kerl mit einer tiefen, angenehmen Stimme und einer bemerkenswerten, nachlässigen Leichtigkeit; Genau der Typ Kerl, sagte sich Ethan, in den sich jedes vernünftige Mädchen verlieben würde. Vincent sah ihn einen Moment lang nicht, und in diesem Moment hatte Ethan Gelegenheit, seinen Freund mit neuem Interesse zu betrachten und ihn aus einem neuen Blickwinkel zu betrachten. Aber er stellte fest, dass er nicht kalt kritisch sein konnte; Vincent war Vincent, absolut bewundernswert und liebenswert; und Ethans Herz erwärmte sich unter einem plötzlichen Anflug von Zuneigung, als er mit ausgestreckter Hand vorwärts ging.

„Hallo, Vin!“ er sagte.

Vincent drehte sich um, ergriff die Hand und ergriff sie warm.

„Warum, du alter Trottel!" antwortete er mit einem breiten Lächeln. „Schämst du dich nicht, mir in die Augen zu schauen? Was hast du mit dir gemacht? Wie ist die Mythologie?"

„Wann bist du hergekommen?" fragte Ethan und wiederholte das Lächeln.

"Heute Morgen. Angehalten um –" Er sah Ethan an und senkte schnell die Augenbrauen. „Schau her, was ist los mit dir? Sie haben das fröhliche, unbekümmerte Gesicht eines Herrn, der zum Galgen schlendert! Warst du krank?"

"Krank?" lachte Ethan. "Sicherlich nicht; Ich habe mich in meinem Leben noch nie besser gefühlt."

„Wenn es dir besser gehen würde , würdest du schreien, was? Nun ja, du hast etwas im Schilde geführt, Ethan, und von mir aus kannst du dir selbst ins Gesicht sehen. Du gehst heute Abend mit mir zurück; das ist geklärt. Ich kam mit Ihrer Maschine vorbei und überraschenderweise hatte sie nicht einmal ein Leck. Ich habe es bei The Larches gelassen", fuhr er als Antwort auf Ethans fragenden Blick auf die Auffahrt und den Stallhof fort. „Ich habe dort angehalten und einen Anruf getätigt." Er hielt inne und lächelte geheimnisvoll.

„Oh", sagte Ethan.

„Ja, ich – schau her, lass uns einen Spaziergang machen. Wie spät ist es? Was? Oh, das Abendessen ist verflixt ! Komm schon, ich möchte ein bisschen reden. Warte, Eth, ich muss reden oder kaputt gehen wie einer deiner Reifen!"

„In Ordnung", antwortete Ethan ohne Begeisterung. "Rauch?"

Vincent nahm eine Zigarette an, und als sie sich angezündet hatten, gingen sie die Stufen hinunter und die Straße entlang, unter den gewölbten Ulmen, Vincents Hand auf der Schulter seines Freundes.

„Es ist größtenteils deine Schuld, alter Junge", sagte er plötzlich. Er lachte einen Moment vor sich hin, bevor er fortfuhr. „Sehen Sie, ich war unruhig wegen Ihrer plötzlichen und geheimnisvollen Zuneigung zu diesem ländlichen Paradies. Ich habe Sie noch nie davon begeistert gehört; Tatsächlich erinnere ich mich an mehrere heftig abfällige Bemerkungen zum Thema Riverdell . Als Sie also schrieben, dass Sie eine Weile hier bleiben würden, um Mythologie zu studieren, bekam ich Angst. Verstehen?"

"Perfekt! Worüber schimpfen Sie?"

„Herr, du bist dumm! Ich erkläre es in Worten von einem –"

"Danke."

„Siehst du, Eth, du bist ein sehr faszinierender Bettler; Du hast einen wunderbaren Umgang mit dem schönen Geschlecht. Da war zum Beispiel dieses Mädchen auf dem College –"

„Hör auf damit", knurrte Ethan.

„Immer noch empfindlich? Nun, ich bin kein Risiko eingegangen. Da ich mich selbst für diesen Weg interessiere, dachte ich, ich fahre besser vorbei und kümmere mich um die Dinge. Ich dachte, du würdest vielleicht mit meinem Mädchen schlafen; Wilderei, wissen Sie. Ich hätte es dir nicht verübeln können, alter Junge, denn sie ist so ziemlich das tollste Ding, das du je gesehen hast."

„ Also bist du hergekommen, um mich abzuwehren, was?" fragte Ethan desinteressiert.

"Genau. Und stellte zu meiner Überraschung fest, dass du nicht in der Nähe des Honigs gewesen warst. Du weißt nicht, was du verpasst hast, Eth. Das sind schrecklich nette Leute, der ganze Kram; und sie wären zu Tode gekitzelt worden, wenn du anrufst. Warum hast du es nicht getan?"

„Rücksichtnahme auf dein zukünftiges Glück, Vin", antwortete der andere ruhig.

„Und du warst nicht in der Nähe des Ortes?"

„Eines Tages bin ich bei einem Spaziergang bis zum Tor gekommen."

„Nun, kannst du mir sagen, was zum Teufel du die letzte Woche hier gemacht hast?"

"NEIN."

Vincent musterte ihn einen Moment lang schweigend.

„In Ordnung, alter Junge; Ich möchte nicht übermäßig neugierig sein."

„Das bist du nicht; Aber mach dir wegen mir keine Sorgen. Jedenfalls habe ich heute frei.

„Ja, du kommst mit mir. Die Mater ließ mich bei den Gräbern meiner Vorfahren schwören, dass ich dich zurückholen würde. Und ich habe auch versprochen, Sie heute Abend zum Abendessen bei den Devereuxs einzuladen ."

„Tut mir leid, Vin."

„Das wirst du nicht?"

„Du hast es erraten."

"Warum nicht? Schau her, ich möchte, dass du Laura triffst!"

Ethan zuckte zusammen.

„Das ist nett von dir, Vin, aber ich kann wirklich nicht. Ich muss heute Abend einfach in Boston sein. Sagen Sie ihnen bitte, dass es mir sehr leid tut, ja? Und dass ich hoffe, das Vergnügen ein anderes Mal zu haben. Mach alles gut, wie ein guter Kerl."

"Also. Aber du kommst später nach Stillhaven , nicht wahr?"

"Vielleicht; vielleicht in ein oder zwei Wochen."

„Das ist mies! Schau mal, Eth, kann ich da nicht mitmachen? Ich weiß nicht, was los ist, und ich werde auch nicht fragen, aber wenn ich Ihnen irgendwie helfen kann —"

„Natürlich, alter Mann. Wenn du könntest, würde ich es sagen. Aber es ist nichts falsch. Ich erkläre es später. Es ist alles in Ordnung."

"Bezweifel es. Aber Sie wissen es am besten, wage ich zu behaupten."

Sie drehten sich einvernehmlich um und schlenderten zurück zum Gasthaus. Plötzlich brach Vincent erneut das Schweigen.

„Übrigens habe ich dir noch nicht alles erzählt, Eth; Ich bin verlobt."

„Was für ein Miststück du bist!" Ethan täuschte große Überraschung vor.

"Ja!" Vincent grinste triumphierend.

„An wen, du Idiot?"

„Warum, habe ich es dir nicht gesagt? An Laura Devereux. Das sind die Leute, über die ich gesprochen habe. Sie haben die Lärchen. Das wusstest du!"

„Ja, aber – wann ist es passiert?"

„Vor ungefähr einer Stunde oder so. Ich hatte es heute nicht vor, aber – hör auf, Eth, ich musste es einfach tun! Sie ist das beste Mädchen der Welt, alter Junge, und auch das Hübscheste. Ich möchte, dass du sie siehst. Wenn du das tust, wirst du es verstehen. Ich habe ihr von dir erzählt und sie möchte, dass ich dich heute Abend hochbringe."

„Ich hoffe, du wirst sehr glücklich sein, Vin." Sie schüttelten sich dort auf der leeren Straße trotz ihrer lächelnden Gesichter sehr ernst die Hand. „Und gratuliere ihr auch, alter Mann. Du bist eher ein guter Typ – manchmal. Und natürlich werde ich dich bitten, mich zu ihr zu bringen, sobald ich zurückkomme. Ich muss mich auf ihre Seite stellen, damit sie mich ab und zu zu dir kommen lässt, wenn du verheiratet bist. Wann soll es sein?"

„Sei kein Arsch!" grunzte Vincent. „Was den Zeitpunkt betrifft, nun ja, das haben wir noch nicht geklärt. Vielleicht wird es erst im Frühling sein; Ich glaube, sie würde lieber bis dahin warten. Und ich sollte die Dinge auch zuerst ein wenig in Ordnung bringen", fügte er vage hinzu.

„Oh, es wird nicht lange dauern, ein paar Briefe und Fotos zu verbrennen", antwortete Ethan leichtfertig.

„Geh zur Zwei! Essen wir jetzt?"

Nach dem Abendessen saßen sie zusammen auf der Veranda, bis Vincent glaubte, er könnte es wagen, nach The Larches zurückzukehren, und Ethan hörte geduldig und mit versuchter Begeisterung den milden Schwärmereien seines Freundes zu. Vincent war unglaublich glücklich.

„Es ist alles so verdammt lustig!" wiederholte er immer wieder. „ Vor ein paar Stunden hatte ich Todesangst, aus Angst, sie würde mich nicht haben, und jetzt –"

„Und jetzt bist du tot", beendete Ethan.

„Lachen Sie, wenn Sie wollen", antwortete Vincent glücklich. „Das habe ich erwartet. Ich dachte, du würdest noch schlimmer abschneiden, alter Junge. Meine Zeit wird kommen!"

„Wenn das der Fall ist, lassen Sie es mich wissen", spottete Ethan.

„Schau her, ich wünschte, du würdest dieses Boston-Geschäft aufgeben und heute Abend mit mir gehen, Eth. Ich – es gibt einen Grund."

„Unsinn, du bist unvernünftig. Außerdem kann ich es nicht aufgeben, Vin. Entschuldigung; wünschte, ich könnte."

„Oh, geh zu den Flammen! Du könntest, wenn du wolltest. Hören Sie, ich schätze die Wahrscheinlichkeit, dass Sie selbst erwischt wurden! Du hast hier ein Mädchen kennengelernt und sie ist nach Hause gegangen und du markierst hinterher! Du solltest mehr Stolz haben, Eth!"

„Das wage ich zu behaupten, Herr Solomon. Ich möchte Sie übrigens nicht zur Eile bringen, aber es ist fast halb zwei und – –"

„Zum Teufel ist das!" Vincent sprang auf und Ethan lachte laut und grausam. Vincent betrachtete ihn einen Moment lang erstaunt und schloss sich dann an.

„Apropos Markieren!" kicherte Ethan.

„Du hast sie nicht gesehen, du alter Spötter", antwortete sein Freund.

Kurz nach drei warf Ethan sein Gepäck ins Auto, kletterte neben den ungerührten Farrell und steuerte das große blaue Monster in Richtung Boston. Und während es die langen Meilen verschlang, schaute Ethan, die Hände am Lenkrad, traurig vor sich hin und versuchte aufrichtig zu vergessen, dass er jemals nach Arcady gestolpert war.

XI

Ein paar Tage später betrat Ethan das Büro der Anwaltskanzlei in Providence, hängte seinen Hut an einen Haken im Schrank und fragte höflich nach seinem Schreibtisch. Die Mitglieder der Kanzlei besprachen dies später in der Privatsphäre des Innenbüros.

„Sieht so aus, als ob er es jedenfalls ernst meinen würde", meinte der Senior. „Anscheinend keine Angst vor der Arbeit, oder?"

„Irgendetwas Komisches daran", antwortete der Junior, der ein bisschen pessimistisch war. „Es sieht einem Kerl seiner Art nicht ähnlich, seinen Sommer aufzugeben und sich im Juli mit dem Jurastudium zu befassen." Er schüttelte voller Bedenken den Kopf. „Es wird nicht von Dauer sein, glauben Sie mir."

Aber es geschah. Während des heißen Wetters lief das Geschäft stagnierend und Ethan hatte viel Zeit zum Lesen; und er hat das Beste daraus gemacht. Von Vincent kamen mehrere Briefe, in denen er ihn an sein Versprechen erinnerte und ihn drängte, für eine Weile nach Stillhaven zu kommen . Aber Ethan plädierte immer dafür, seine Pflichten zu erfüllen, bis Vincent, dessen Anwaltsschind schon seit einem Jahr herumhing und der noch keine drängenden Geschäfte gefunden hatte, mehr denn je davon überzeugt war, dass sein Freund, um seinen eigenen Ausdruck zu verwenden, „eingetreten war Cropper irgendwie!"

Im September lief Vincent herunter und verbrachte den Sonntag. Ethan drängte ihn nicht, noch einmal zu kommen, denn sein Gespräch war nicht darauf ausgelegt, einen enttäuschten Liebhaber mit seinem Los zu versöhnen. Die Devereuxs waren immer noch in Riverdell , kehrten aber am Ende des Monats in ihre Bostoner Wohnungen zurück.

„Sie hat dir nicht verziehen, dass du nicht angerufen hast", warnte Vincent, „und du wirst Dreck fressen müssen, wenn du sie siehst, alter Junge."

Ethan zeigte sich durchaus bereit zu kriechen, weigerte sich jedoch rundweg, einen Termin für das Verfahren festzulegen. Vincent ging etwas verärgert weg, und eine Zeit lang herrschte eine spürbare Kühle zwischen ihnen. Ethan bereute es, aber er war noch nicht bereit, sich die Rolle von Vincents Freund anzuvertrauen .

Sein erster Urlaub, seit er zur Arbeit gegangen war, kam Anfang Oktober. Dann machte ein Brief eines Immobilienmaklers, der seine Immobilie vermieten wollte, eine Reise nach Riverdell ratsam. An einem Freitagmorgen verließ er Providence zusammen mit Farrell im Auto, um den Samstag über in Riverdell zu bleiben , und um zwei Uhr fuhr er mit der Maschine durch das große Tor von The Larches hinein. Es war ein herrlich lebhafter Tag gewesen, sie hatten Rekordzeit gefahren und Ethans Stimmung war gut. Aber jetzt, als sie langsam die kreisförmige Auffahrt entlang rumpelten, kamen alte Erinnerungen zum Vorschein und die Aufregung wich der Depression. Die Ahornbäume brannten im Nachmittagssonnenlicht, die Virginia-Kieferpflanze auf den Veranden leuchtete strahlend purpurrot und entlang der strahlend weißen Pergola leuchteten noch immer violette Weintrauben. Aber trotz alledem wirkten die Lärchen einsam. Die Fenster im Untergeschoss waren geschlossen und zeigten beredt von der Desertion.

Ethans Ruf an der Klingel blieb eine Zeit lang unbeantwortet. Dann erklangen Schritte auf den Marmorfliesen im Inneren, und die große Tür schwang auf, und eine angenehm stämmige Frau mit Doppelkinn kam zum

Vorschein, die sich die feuchten, roten Hände an ihrer blauen Kattunschürze abwischte.

„Warum, Herr Ethan!" rief sie aus.

„Ja, ich bin es, Mrs. Billings", antwortete er. „Farrell, fahr mit dem Auto zum Stall und ich lasse William für dich aufmachen."

Er betrat die schwach beleuchtete Halle, die bereits von der Kälte des nahenden Winters erfüllt war, und sah sich um. Trotz der kürzlichen Belegung war offenbar alles beim Alten. Das Haus war möbliert vermietet worden, und die Devereuxs hatten sich offensichtlich damit zufrieden gegeben, die Dinge so zu belassen, wie sie sie vorgefunden hatten. Er zog seinen Mantel aus und warf ihn auf das große, altmodische Mahagonisofa. Mrs. Billings, die Haushälterin, plapperte immer noch lautstark.

„Wenn wir gewusst hätten, dass Sie kommen, Sir, hätten wir die Jalousien geöffnet und die Feuer angezündet.“

„Macht nichts“, antwortete Ethan. „Lassen Sie Ihren Mann in der Bibliothek und in meinem Zimmer ein Feuer machen. Ich werde erst am Sonntagmorgen hier sein. Du kannst mir meine Mahlzeiten in der Bibliothek geben. Ich erhielt vor etwa einem Tag einen Brief von Stearns, in dem er mir mitteilte, dass die Devereuxs gegangen seien, und mich fragte, ob ich für den Winter mieten wolle . Ich glaube nicht, dass ich das tue. Ich glaube nicht, dass ich überhaupt noch einmal mieten werde. Nun , wie ist es dir ergangen, dir und deinem nichtsnutzigen Ehemann?“

„Sehr nett, Sir, für mich selbst, vielen Dank. Und Jonas, er gehört nicht zu den Meckern , mein Herr, aber er hat Rheuma, etwas Schreckliches bei nassem Wetter. Und wie ist Ihr Gesundheitszustand, Mr. Ethan?“

„Ich war erschreckend gesund, danke. Wo ist dein Ehemann?"

„Ich werde ihn sofort anrufen, Sir. Er ist irgendwo draußen auf dem Gelände, Sir. Und ich werde im Handumdrehen ein Feuer entzünden, Sir. Er wird sich sehr freuen, Sie zu sehen, Sir, oder Jonas.“ Sie blieb am Ende des Flurs stehen und senkte ihre Stimme zu einem heiseren Flüstern. „Ich fürchte, er wird alt und versagt, Mr. Ethan“, sagte sie verzweifelt. „Es – es ist sein Kopf, Sir.“

„Äh?“

"Jawohl. Es war im Juni, Herr Ethan, oder vielleicht Anfang des folgenden Monats, Herr, als er ganz aufgeregt und wild hereinkam und sagte, er habe Sie mit eigenen Augen in Richtung des dortigen Hains gesehen. Jawohl. „Jonas“, sage ich, „es ist die Sonne.“ „Nein, Makel“, sagt er. „Ich sah ihn mit meinen eigenen Augen“, sagt er, „unter den Bäumen stehen.“ Und als ich noch einmal hinsah , war er weg“, sagt er. Es hat mich ziemlich geschockt, Sir, wie man so sagen könnte.“

"Natürlich. Und seitdem haben Sie keine weiteren Symptome mehr beobachtet?"

„Nein, Sir, nicht besonders, aber er scheint seine Lebensmittel um einiges lieber zu haben als früher, und ich habe gehört, dass das ein sicheres Zeichen für einen nachlassenden Intellekt ist, Mr. Ethan."

„Im Fall Ihrer Lebensmittel, Mrs. Billings", antwortete Ethan, „würde ich sagen, dass es ein Zeichen von Weisheit war."

Die Haushälterin zügelte und strahlte.

„Aber im Grunde", fuhr Ethan lächelnd fort, „würde ich mir um Billings keine Sorgen machen. Tatsache ist, dass ich ungefähr zu der Zeit, von der Sie sprechen, etwa einen Tag hier unten war."

„Hier, Herr? Und Sie sind nie zu uns gekommen, Sir?"

„Es – äh – es gab Gründe, Mrs. Billings. Und wie wäre es nun mit dem Feuer? Und schicken Sie bitte Ihren Mann raus, um das Kutschenhaus aufzuschließen."

„Ja, Sir, direkt, Sir. Und Jonas hat Sie wirklich gesehen, Mr. Ethan, genauso wie er es gesagt hat?"

„Das halte ich für mehr als wahrscheinlich, Mrs. Billings."

„Nun, das ist eine große Erleichterung für mich, Sir. Eine Erweichung des Gehirns ist so bedauerlich!"

Später, kurz vor Einbruch der Dunkelheit, verließ Ethan die Bibliothek und betrat die breite, mit Zement gepflasterte Veranda an der Seite des Hauses. Er hielt inne, um sich eine Zigarette anzuzünden, stieg die Steinstufen hinunter zur Pergola und überquerte deren Länge. Abgefallenes Laub raschelte leise unter seinen Füßen und die violetten Büschel zeigten die Auswirkungen des Frosts. Als er die Laube verließ, führten ihn seine Schritte fast unbewusst über den offenen Rasen, der jetzt rotbraun war und von den langen, düsteren Schatten der Bäume durchzogen war. Er wurde von zwei Wünschen beeinflusst; der eine möchte den Lotusteich wiedersehen, der andere ihn meiden. Er ging weiter durch den Zwielichthain, erfüllt von einer sanften – ich hätte fast sagen angenehmen – Traurigkeit. Der Boden unter den Füßen war mit den roten Blättern der Ahornbäume bedeckt. Hier und da stand eine weiße Birke wie eine blassgoldene Flamme im sterbenden Sonnenlicht. Allein die dunkelgrünen Lärchen hielten sich unverändert.

Der Pool war leider anders. Vergilbte Seerosenblätter schwammen auf der Oberfläche, aber keine Blüte fing die schrägen Sonnenstrahlen ein. Ethan setzte sich unter die Weide, nahm die Knie in die Arme und blies blaue Rauchkränze in das bernsteinfarbene Licht. Plötzlich kam eine Schattenpräsenz und setzte sich neben ihn. Die Präsenz hatte violette Augen und rote, rote Lippen, die wehmütig lächelten. Er drehte nicht den Kopf, denn er wusste, dass er sonst wieder allein sein würde. Und plötzlich redeten sie.

„Du warst sehr grausam“, sagte er traurig.

„Das wollte ich nicht“, antwortete sie.

„Nein, ich glaube nicht, dass du das getan hast. Du – du hast einfach nicht nachgedacht, nehme ich an. Es hat alles sehr viel Spaß mit dir gemacht. Aber – es hat bei mir nicht funktioniert.“

"Erledigt?" sie fragte bedauernd.

„Aber ich gebe Ihnen jetzt keine Vorwürfe“, fuhr er fort. „Das habe ich zuerst getan. Es schien unnötig grausam und herzlos. Aber ich verstehe jetzt, dass alles meine Schuld war. Weißt du, mein Lieber, ich habe es für selbstverständlich gehalten, dachte ich, dass es dir genauso wichtig ist wie mir. Es war meine dumme Einbildung.“

Er glaubte ein leises Schluchzen neben sich zu hören, doch er widerstand der Versuchung, sich umzudrehen und hinzusehen.

„Wenn da nur nicht dieser Kuss gewesen wäre“, fuhr er verträumt fort. „Das – das habe ich nie ganz verstanden. Manchmal – ich wage zu sagen, dass es wieder meine Einbildung ist –, aber manchmal kann ich nicht anders, als zu denken, dass es dir in diesem Moment – ein wenig – etwas bedeutet hat! Das ist das Schwierigste, diesen Kuss zu verzeihen, mein Lieber – und ihn zu vergessen. Wenn die Erinnerung daran nicht gewesen wäre, glaube ich, dass ich es besser ertragen würde. Warum hast du das getan? *Warum?*“

Es gab keine Antwort außer dem Seufzen einer leichten Brise, die in einem schwebenden Schauer toter Blätter den Hang hinunter kroch.

„Ah, aber ich will es wissen!" er beharrte hartnäckig. „War es nur ein Spaß? War es nur Mitleid? Das kann nicht gewesen sein, das sage ich dir! Du hast mich aus Mitleid noch nie so geküsst, Liebes! Da war Liebe in deinen Augen, Schatz; Ich sah es; Klafter tief in dieser violetten Dämmerung! Liebe, hörst du? Du kannst es nicht leugnen, das kannst du nicht! Und du hast in meinen Armen gezittert! Warum hast du das getan?" fragte er scharf.

Er drehte sich ungestüm um – und seufzte. Er war ganz allein. Die Präsenz war geflohen.

Er warf die tote Zigarette in seiner Hand beiseite und zitterte. Die Brise nahm im Laufe des Tages zu, eine kühle Oktoberbrise, erfüllt vom schweren, melancholischen Duft sterbender Blätter. Er stand auf und ging zurück zum Haus.

XII.

Ethan trank den letzten Tropfen exzellenten schwarzen Kaffees aus der winzigen Tasse und drehte seinen Stuhl herum, so dass er auf die fröhlich knisternden Holzscheite im Kamin der Bibliothek blickte. Er hatte sein Abendessen genossen und fühlte sich herrlich erholsam und schläfrig. Der Tag unter freiem Himmel, der Wind wehte an ihm vorbei, die herzhafte Mahlzeit und nun entfalteten die tanzenden Flammen ihre natürliche Wirkung. Er griff träge nach seinem Zigarettenetui, sein Blick wanderte träge über den hohen Kaminsims über ihm. Dann hatte er die Hand aus der Tasche gezogen, war auf den Beinen und blickte aufmerksam auf ein kleines Foto, das halb unsichtbar hinter einem der alten Liverpooler Pitcher versteckt war, der die Uhr flankierte. Einen Moment später hatte er es in seinen Händen und beugte sich im grellen Licht des Kronleuchters darüber.

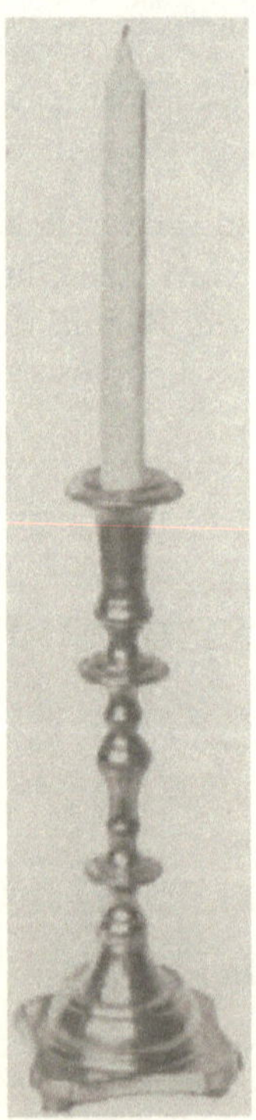

Offensichtlich handelte es sich um eine Amateurproduktion, aber trotzdem war sie gut. Und Ethan grübelte überhaupt nicht über seinen Ursprung oder seine Vorzüge oder Mängel. Es genügte ihm, dass es eine kleine, anmutige Gestalt in Weiß vor einem Hintergrund aus Blattwerk zeigte und dass die Augen, die unter dem wehenden Haar mit der goldenen Leiste direkt in die seinen blickten, ihr gehörten. Es war Clytie. Eine Hand ruhte sanft auf einem mit Azaleenblüten bedeckten Zweig, ein nackter Sandalenfuß glänzte unter den geraden weißen Falten des Schößchens hervor und die Lippen waren zu einem kleinen, erschrockenen Lächeln geöffnet. Ethan verschlang es gierig, während sein Herz gleichzeitig glühte und schmerzte. Er erinnerte sich daran, ihr gesagt zu haben, dass er diese Bilder gerne sehen würde, und erinnerte sich an ihre lachende Antwort: „Ich fürchte, das wirst du nie tun!" Und jetzt sah er doch einen von ihnen an! Und er schaute immer noch, als der Gärtner mit dem aufgefüllten Holzkorb hereinkam.

„Woher kommt das, Billings?" fragte Ethan nachlässig.

Billings stellte seine Last ab und ging zum Tisch. Er war ein kleiner Mann, weit über sechzig, und sein wettergegerbtes Gesicht war zu unzähligen kleinen, freundlichen Fältchen zusammengeschrumpft . Trotz seines Alters zeigte er jedoch keine Anzeichen der geistigen Degeneration, die seine Frau befürchtet hatte. Er kam und blickte kurzsichtig auf die Karte, die Ethan ihm hinhielt.

„Also, Sir, Lizzie hat das in einem der Zimmer im Obergeschoss gefunden, als sie aufräumte, nachdem die Leute weg waren, und sie hat es hier auf den Kaminsims gelegt, weil sie dachte, es sei vielleicht wertvoll und sie würden es zurückschicken."

"Ich verstehe." Ethan legte es auf den Tisch, seine Augen noch immer darauf gerichtet. „Ich glaube nicht, dass sie es wollen werden. Zweifellos hat Miss Devereux noch viel mehr."

"Jawohl; Sie haben ziemlich viele zusammengenommen, Sir."

"Sie? Oh, sie hatte eine Freundin bei sich?"

"Jawohl. Miss Hoyt. Ich erinnere mich, als sie diese genommen haben , Sir. Es war Frühsommer, kurz nachdem sie gekommen waren. Die jungen Damen haben sich diese seltsamen Sachen angezogen – so etwas wie Laken, Sir –" die Stimme des Gärtners wurde leicht entschuldigend, als hätte er solche Taten nicht ganz gebilligt – „und gingen auf den Rasen Vormittag. Sie haben mich dazu gebracht, hier ein paar Äste abzuschneiden, Sir." Billings zeigten die obere linke Ecke des Bildes an. „ Sie sagte, sie müsse mehr Licht haben. Es war nicht viel, Sir; nur ein paar alte Zweige; Es ist kein Schaden entstanden, Sir."

"Natürlich nicht. Es war – Miss Devereux hat Sie gefragt?"

"Jawohl; Sie nannten sie Miss Laura . Eine sehr angenehme junge Dame, Sir."

„Sehr angenehm, Billings", stimmte Ethan mit einem Seufzer zu.

„Sie kennen sie also, Sir?"

„Ich – kaum das; Ich habe sie getroffen."

"Jawohl." Billings wandte sich dem Feuer zu. „Soll ich noch einmal vorbeikommen, Sir?"

„Nein, ich gehe gleich ins Bett."

„Sehr gut, Sir." Billings reparierte das Feuer, setzte die Zange wieder ein und richtete sich vorsichtig wieder auf, während er in Erinnerungen kicherte. Dann bemerkte er, dass Ethan ihn fragend ansah und sagte: „Sie hat mich auch mitgenommen, Sir, mit ihrer Kamera ."

"Wirklich? Ich würde das Bild gerne sehen."

"Danke mein Herr. Es ist in der Küche. Soll ich es holen? Lizzie meint, es sei eine ziemliche Ähnlichkeit, Sir, nur dass ich sozusagen überrascht wurde und keine Zeit hatte, mich aufzupolieren."

„Ja, bringen Sie es auf jeden Fall mit."

Der Gärtner eilte davon und Ethan wandte sich wieder dem Bild zu. Als Billings zurückkam, sagte Ethan nachlässig:

„Übrigens, wenn Ihre Frau danach fragt, können Sie ihr sagen, dass ich – äh – die Verantwortung dafür übernommen habe. Ah, das ist das Bild, oder? Ich würde das als ausgezeichnet bezeichnen, Billings, ausgezeichnet! Wirklich eine sehr treffende Ähnlichkeit. Sie sagen, Miss Devereux hat das genommen?"

„Ja, Sir, am selben Tag haben sie die anderen mitgenommen, Sir. Ich hatte die Äste abgehackt und stand da und schaute zu, Sir, und nachdem sie das dort hingebracht hatte, Sir, sagte sie zu mir: ‚Billings, würde es Ihnen etwas ausmachen, wenn ich es nehmen würde' –"

„Nicht nachdem sie das genommen hatte, Billings", unterbrach Ethan der Genauigkeit halber. „Das hat sie natürlich nicht genommen."

„Ich bitte um Verzeihung, Mr. Ethan?"

"Egal. Ich habe nur gesagt, dass du nicht meinst, dass es passiert ist, nachdem sie dieses genommen hat; es war ein anderes, was du meintest."

„Oh nein, Sir, genau dieser war es, Sir. Ich hatte gerade die Äste abgehackt –"

„Du meinst doch nicht, dass sie ihr eigenes Foto gemacht hat?" fragte Ethan mit einem Lächeln.

"Nein Sir."

"Genau."

„Es war das, das Sie da haben, Sir, das hat sie mitgenommen.“

"Dieses hier? Schauen Sie mal, Billings, lassen Sie uns das klären, wenn wir schon dabei sind. Meinen Sie damit, dass Miss Devereux – wohlgemerkt, ich spreche von *Miss Devereux* – meinen Sie, dass Miss Devereux dieses Foto gemacht hat, das ich in meinen Händen habe?“

„Ja, Sir, das ist es. Ich hatte gerade …“

„Kümmern Sie sich nicht um das Hacken“, unterbrach Ethan lächelnd und ungeduldig. „Aber erzähl mir, wie sie es gemacht hat.“

„Warum, Sir, sie hat ihre Kamera etwas weiter oben aufgestellt, Sir; Es hatte drei kleine Beine, Sir; und sie drückte einen kleinen Gummiball, und die Kamera machte „Klick“, Sir, so, Sir – „Klick!“ Und--"

„Ja, ja, aber – schauen Sie mal, wie weit war die Kamera von – von dieser Stelle entfernt, wo Sie die Äste gefällt hatten?“

„Etwa zwanzig Fuß, Sir, vielleicht.“

„Nun, würden Sie mir freundlicherweise erzählen, wie Miss Devereux es geschafft hat, den kleinen Gummiball zu drücken und gleichzeitig ins Bild zu kommen?“

"Herr?"

„Ich meine“, antwortete Ethan geduldig, „wie konnte sie hier sein –“ und tippte auf das Foto, das er hielt – „ und im selben Moment in die Kamera blicken?“

Das war offensichtlich ein Poser. Billings kratzte sich zweifelnd am Hinterkopf. Endlich,

„Aber sie war nicht da, Sir!“ er erklärte.

„War nicht wo? In die Kamera?“

"Jawohl; Ich meine, nein, Sir. Sie war nicht da!" Er zeigte auf das Bild.

„War nicht da!“ rief Ethan aus. „Wie dann – hängen Sie es auf, Mann, aber hier ist ihr Bild!“

„Bitte um Verzeihung, Mr. Ethan?“ Billings sah sowohl gequält als auch verwirrt aus und warf einen fragenden Blick auf den Esstisch.

„Ich sage, hier ist ihr Bild, du Idiot!“ wiederholte Ethan.

„Wessen Bild, Sir?“

„Na, Miss Devereux!“

"Nein Sir."

„Was meinen Sie mit ‚Nein, Sir?‘ Ich sage--"

Ein Licht ging auf Mr. Billings.

„Ich bitte um Verzeihung, Mr. Ethan", erklärte er hastig. „Ich verstehe Ihren Fehler, Sir, aber Sie sagten, Sie hätten die junge Dame kennengelernt, und ich dachte, Sie hätten verstanden, dass sie es nicht war, Sir."

"Was? WHO?"

„War nicht Miss Devereux, Sir."

„Meinen Sie, dass es sich hier auf diesem Bild nicht um Miss Devereux handelt?" rief Ethan.

"Jawohl; das heißt, nein, Sir. Das ist nicht sie, Mr. Ethan."

„Ist das nicht –! Wer ist es dann?"

„Miss Hoyt, Sir. Ich dachte, du bist unter …"

Ethan packte Billings an den Armen und zwang ihn, sich auf einen Stuhl zu setzen.

„Du sitzt da und beantwortest meine Fragen, Billings", befahl er aufgeregt. Er hielt das Foto vor das alarmierte Gesicht des Gärtners.

„Wer ist das auf dem Bild?"

„Miss Hoyt, Sir, wie ich Ihnen schon sagte –"

"Unsinn! Du irrst dich, Mann! Schauen Sie genau hin ; nimm es in deine Hände! Antworten Sie erst, wenn Sie es sich genau angesehen haben. Wo ist deine Brille?"

„Ich trage keine, Sir", war die würdevolle Antwort. „Meine Augen, Herr Ethan, sind genauso klar wie eh und je, Sir. Warum, ich kann sehen –"

„Ja, ja, ich bitte um Verzeihung, Billings, aber ich habe ganz besondere Gründe, mir dessen sicher sein zu wollen! Nun – schauen Sie es sich genau an! – wer ist sie nun?"

„Miss Hoyt, Sir, und wenn Sie mich in der nächsten Minute ins Gefängnis stecken würden, Sir, würde ich nichts anderes sagen ! Nein, Sir, nicht, wenn mein Leben davon abhängen würde, Sir!"

„Und es ist nicht Miss Devereux?"

„Nein, Sir, das war auch nie der Fall! Mr. Ethan, Miss Devereux ist, wie Sie sich vielleicht erinnern, ziemlich groß und schlank, wie – wie eine junge Birke, Sir – und hat sehr dunkles Haar. Und Miss Hoyt, Sir, wie Sie sehen können –"

Ethan stellte sich mit dem Rücken zum Feuer und zündete sich mit zitternden Fingern eine Zigarette an.

„Billings", sagte er leise, „ich war ein verdammter Idiot!"

„Ja – das heißt, ich kann es nicht glauben, Sir", war die respektvolle Antwort. Aber Billings Gesichtsausdruck verriet etwas anderes.

„Jetzt möchte ich, dass Sie mir alles erzählen, was Sie über Miss Hoyt wissen", sagte Ethan. „Übrigens, wie war ihr Vorname?"

„Cicely, Sir; Miss Cicely Hoyt."

„Cicely“, wiederholte Ethan leise. „Es steht ihr einfach!“

„Bitte um Verzeihung, Sir?“

"Vergiss es. Wo lebt sie?"

Billings dachte einen Moment schweigend nach.

„Ellington, Sir“, antwortete er triumphierend, offensichtlich erfreut über sein Gedächtnis.

„Wo zum Teufel ist das denn?“

„Etwa in der Mitte des Staates, Sir, glaube ich.“

„Diesen Zustand meinen Sie? Massachusetts?"

„Ja, Sir, Massachusetts.“

„Und sie war eine Freundin von Miss Devereux?“

"Jawohl. Ich habe erfahren, wie sie zusammen zur Schule gingen. Und Miss Hoyts Vater, Sir, starb vor einiger Zeit und hinterließ ihr und ihrer Mutter sehr schlecht, Sir. Und die junge Dame ist, soweit ich weiß, in einer Bibliothek in Ellington beschäftigt, Sir, und ihre Mutter ist auch dort, Sir.“

"In der Bücherei?"

„Nein, Sir, in Ellington. Ich glaube, sie lebten früher in Ohio.“

Ethan schwieg einen Moment und rauchte heftig. Dann,

„ Sagen Sie Farrell, er soll sofort hierher kommen, Billings. Und ich bin Ihnen sehr dankbar für das, was Sie mir erzählt haben. Oh, warte, Billings! Werfen Sie zuerst einen weiteren Scheit ins Feuer. Ich möchte nicht, dass es ausgeht; Du und ich haben heute Abend viel zu besprechen!“

Farrell kam schnell.

„Wissen Sie, wo Ellington, Massachusetts, liegt?“ fragte Ethan.

"Jawohl."

„Wie lang ist ein Lauf?“

Farrell holte eine Straßenkarte aus seiner Jackentasche und beugte sich im Licht darüber.

„Nun, Herr Parmley , ich weiß nicht, wie die Straßen jetzt sind, Sir, aber vorausgesetzt, sie sind in gutem Zustand, sollten wir es in etwa zweieinhalb Stunden schaffen.“

„Wenn wir dann um sieben Uhr morgens hier losfahren würden, wären wir schon mittags in Ellington angekommen?“

„Könnte nicht anders, Sir, abgesehen von Unfällen.“

„Es darf keine Unfälle geben“, antwortete Ethan etwas unvernünftig.

„Ich werde mein Bestes geben, Sir.“

„Dann seien Sie bereit, pünktlich um sieben zu gehen!“

„Sehr gut, Sir.“

Farrell ging hinaus und als sich die Tür leise hinter ihm schloss, warf sich Ethan mit dem Foto in den Händen auf den Stuhl vor dem Feuer und strahlte selig in die Flammen.

XIII.

Die Bibliothek war erfüllt von der fahlen Dämmerung eines regnerischen Tages. Seit dem frühen Morgen war der Gipfel des Mount Tom, ein Dutzend Meilen westlich, in schwere, bleierne Wolken gehüllt, und zwei Stunden lang hatte der Sturm die Hänge entlang des Connecticut Valley mit herbstlicher Heftigkeit überschwemmt.

Durch die regennassen Fenster drang ein kaltes, weißes Licht ein, das den Stapelraum mit seinen eisernen Reihen schlummernder Bücher durchflutete und hier an der absperrungsartigen Theke schwach das rebellische braune Haar des Mädchens beleuchtete, das mit dem Stift in der Hand über den Stapel Katalogkarten gebeugt. In der Bibliothek war es sehr still, so still, dass das Zischen des sich bewegenden Stifts unheilvoll laut klang. Ab und zu hörte man das Rascheln eines sich drehenden Blattes oder das Scharren von Füßen auf dem Boden um die Ecke des gewölbten Durchgangs, wo ein einzelner Bewohner des Lesesaals saß. Abgesehen von diesen beiden war die Bibliothek verlassen. Die Zeiger der Uhr über der Gedenktafel zeigten auf Viertel nach zwölf, und der Stapeljunge und der Hilfsbibliothekar waren beide zum Mittagessen gegangen.

Ein längeres Scharren der Füße, gefolgt vom Geräusch eines sich bewegenden Stuhls, veranlasste das Mädchen am Schreibtisch, den Kopf zu heben und bei ihrer Arbeit innezuhalten. Ein leichtes genervtes Stirnrunzeln machte einem Lächeln humorvoller Resignation Platz, als Schritte in der hallenden Stille zu hören waren. Aus dem Lesesaal kam ein großer, dünner Jugendlicher von etwa zwanzig Jahren, ein Jugendlicher mit einem blassen, leichenhaften Gesicht, das von zwei geduldigen, nachdenklichen braunen Augen beleuchtet wurde, die seltsam unpassend und fehl am Platz wirkten. Er trug zwei Bücher bei sich, die er entschuldigend auf die Theke legte.

„Entschuldigen Sie, Miss Hoyt“, sagte er sanft.

„Ja, Herr Winkley?“ fragte sie und sah auf.

„Es tut mir sehr leid, Sie zu belästigen, aber könnten Sie mir Burtons Anatomie der Melancholie überlassen?“

„Haben – was haben Sie bitte gesagt?" fragte sie erschrocken .

„Burtons Anatomie der Melancholie, bitte", wiederholte er mit seiner
geduldigen Stimme. Sie drehte sich hastig um und verschwand im
Stapelraum. Als sie außer Sichtweite war, lehnte sie sich gegen einen der
Koffer und lachte leise und hysterisch.

„Oh", dachte sie, „wenn er nicht damit aufhört und weggeht, muss ich –
ich werde verrückt werden!"

Mit einem letzten Keuchen fuhr sie sich schließlich mit dem Handrücken
über die Augen und ging weiter den Betongang hinunter auf der Suche nach
dem Buch. Draußen an der Theke beobachtete der junge Mann, sich selbst
überlassen, sie, während sie in Sichtweite war, und beugte sich dann hinüber,
um einen Blick auf die ordentlich angeordneten Karten zu werfen. Sie hatte
ihr Taschentuch neben ihrer Arbeit liegen lassen. Er blickte sich ängstlich
um, streckte die Hand aus, hob es auf und drückte es mit einer schnellen,
heftigen Bewegung an seine dünnen, ernsten Lippen. Er hielt es einen
Moment lang so, seine braunen Augen starrten weit durch das regennasse
Fenster, als hätten sie Visionen. Dann, als ihre Schritte wieder auf ihn
zukamen, legte er das Taschentuch wieder an seinen Platz, richtete sich auf
und wartete.

„Hier ist es, Mr. Winkley", sagte sie nüchtern.

"Danke schön. Es tut mir leid, Sie zu belästigen", antwortete er ernst.

„Ich bin nur deshalb hier", antwortete sie kalt und griff noch einmal nach
ihrem Stift. Er blieb einen Moment stehen und blickte auf den gesenkten
Kopf. Dann nahm er die Anatomie der Melancholie vom Tresen, drehte sich
um und ging langsam und ganz lautlos zurück zu seinem Tisch. Doch als er
ging, zitterte der Hauch eines Seufzers durch die Stille.

Das Mädchen hob den Kopf mit einem verzweifelten Blick zum Lesesaal,
stieß mit der Feder heftig in das Tintenfass und schrieb weiter. Die Uhr über
uns tickte langsam und leise. Der Regen *rauschte* an den Fenstern vorbei.

Doch plötzlich erklang ein neuer Ton. Zuerst war es trübe, aber es wurde
immer beharrlicher, bis das Mädchen es hörte, wieder den Kopf hob und mit
einem neuen Leuchten in ihren violetten Augen lauschte.

Tucker-chuck, tucker-chuck-chuck, tucker-chuck!

Autos sind in Ellington nicht alltäglich, besonders nachdem die Sommerkolonie abgezogen ist, und die Annäherung an dieses Auto ließ die weichen Wangen röten und das Herz des Bibliothekars höher schlagen. So oft hatte sie in den letzten drei Monaten mit angestrengten Ohren dem Keuchen eines Autos unten auf der Straße gelauscht! Normalerweise war das Geräusch in der Ferne wieder verklungen, und sie hatte sich seufzend gesagt, dass sie sehr froh sei. Aber heute wurden die Geräusche von Augenblick zu Augenblick lauter. Das *Tuckern* war jetzt langsamer und mühsamer; Das Auto hatte die Dorfstraße verlassen und fuhr die kreisrunde Schotterauffahrt hinauf zur Bibliothek. Jeder Schlag brachte einen Antwortschlag aus ihrem Herzen.

Oh, es war dumm! sagte sie sich wütend. Und sie wollte nicht, dass es passierte! Sie hoffte, dass es nicht so sein würde! Entschlossen begann sie wieder mit der Arbeit, doch der Lärm der herannahenden Maschine schien die Welt mit einem Tumult zu erfüllen. Dann, ganz in der Nähe, wurde das gemessene *Tuckern* plötzlich hastig und unzusammenhängend, als wäre das eindringende Monster heftig erzürnt darüber, dass es gestoppt wurde. Dann – Stille, entsetzlich, unheilvoll! Mit bleichem Gesicht beugte sich das Mädchen näher an ihren Schreibtisch und zeichnete mit der Feder zitternde Figuren und Buchstaben nach. Die Außentür öffnete sich und schloss sich wieder mit einem gedämpften Glas. Sie hörte das *Rauschen ... Rauschen* der Innentüren, als diese nach innen und hinten schwangen. Auf dem Eichenboden waren feste Schritte zu hören. Sie waren ganz anders als die sanften Schritte der Bibliotheksgewohnheiten, und sie hatten einen entschlossenen, resoluten Charakter, der den braunhaarigen Bibliothekar in Panik versetzte. Oh, wie wünschte sie, sie wäre geflohen, solange noch Zeit war! Sie zweifelte nicht mehr; das Unerwartete, das die ganze Zeit über erwartet worden war, war geschehen; Das, was sie befürchtet und immer gehofft hatte, war eingetreten. Die Stufen kamen direkt von der Tür aus näher und ignorierten die längeren und ruhigeren Wege, die die Kakaofasermatten boten . Der braune Kopf beugte sich immer noch über den Schreibtisch. Dann hörten die Schritte auf. Eine schreckliche Stille breitete sich im Raum aus. Es gab keine Hilfe dafür.

Langsam und widerwillig hob das Mädchen den Kopf.

XIV.

Hätten sie im Steinzeitalter gelebt, wäre diese Begegnung für die Beschreibung möglicherweise weitaus interessanter gewesen. Da es sich bei beiden um recht konventionelle Charaktere des 20. Jahrhunderts handelte, war die Angelegenheit enttäuschend alltäglich.

„Wie geht es Ihnen, Miss Hoyt?" fragte er, lächelte ruhig und streckte eine Hand über die Theke aus. Und,--

„Warum, Mr. Parmley!" antwortete sie und legte für einen Moment ihre eigene Hand in seine.

Einem genauen Beobachter, und Sie und ich, geduldiger Leser, sind stolz darauf, so zu sein, wäre vielleicht aufgefallen, dass die Wangen des Mannes und das Gesicht des Mädchens trotz der alltäglichen Worte und des unbefangenen Benehmens einen ungewohnten Farbton hatten war mehr als gewöhnlich blass. Und hätten wir das Privileg eines Arztes genießen können, die Herztätigkeit in diesem Moment zu untersuchen, hätten wir uns mit einem sehr wissenden Lächeln aufgerichtet.

„Ich bin gekommen", sagte er, als sich die weiche Hand von seiner löste, „um ein Buch zurückzugeben. Ist das der richtige Ort?"

„Ja", antwortete sie fröhlich.

"Danke schön. Ich weiß nicht viel über Bibliotheken; Ich vermeide sie immer so weit wie möglich, da sie eher zu aufregend sind." Er holte ein kleines Buch aus seiner Manteltasche und legte es auf die Theke. „Ich fürchte, es gibt ein gutes Preis-Leistungs-Verhältnis. Es ist schon eine ganze Weile draußen."

Als sie das Buch nahm, bekam sie einen Hauch Farbe in die Wangen. Es war eine Kopie von „Liebessonette aus den Portugiesen".

„Oh, ich lasse dich frei", antwortete sie fröhlich. „Manchmal erlassen wir die Bußgelder, wenn die Entschuldigung gerechtfertigt ist."

"Danke schön. Meine Entschuldigung ist ausgezeichnet. Ich habe erst gestern die Identität des Leihgebers herausgefunden."

"Nur gestern?" sie fragte nachlässig, aber mit schnellerem Herzen.

„Um genau zu sein, gestern Abend gegen acht Uhr." Er senkte seine Stimme und beugte sich etwas weiter über die Barriere. „Sehen Sie, Miss Hoyt, Sie haben mich sehr gut getäuscht."

„Entschuldigen Sie, Mr. Parmley , Sie haben sich selbst getäuscht. Ich habe es dir gesagt – zumindest habe ich nie gesagt, dass ich Laura Devereux bin."

„Nein, das hast du nicht, aber – ich frage mich, warum ich mir so sicher war! Wenn ich nicht gewesen wäre –"

„Ich bitte um Verzeihung, Miss Hoyt, aber würden Sie mir bitte Swinburnes Gedichte überlassen?"

Es war der einsame Leser. Das Mädchen verschwand im Stapelraum und überließ die beiden Männer einer verstohlenen und zumindest teilweise amüsierten Betrachtung des anderen. Der blasse Jüngling zeigte jedoch keinerlei Belustigung; vielmehr drückte sein Blick Misstrauen und Groll aus. Ethan, der diesem unheilvollen Blick nicht länger standhalten konnte, ohne zu lächeln, drehte den Kopf. Dann kam die Bibliothekarin mit dem gewünschten Buch.

„Danke, Miss Hoyt!" sagte der Leser. Mit einem letzten Blick aufkeimender Feindseligkeit auf Ethan kehrte er in seine Einsamkeit zurück. Ethan sah Cicely fragend an.

„Er ist absolut schrecklich!" antwortete sie verzweifelt. „Er bleibt stundenlang hier. Ich glaube nicht, dass er jemals etwas isst. Und er ruft unaufhörlich nach Büchern, von Plutarchs Leben bis – bis Swinburne! Ich glaube, er versucht, den Katalog vollständig durchzulesen. Und vor einiger Zeit kam er wegen – was meinst du? – der Anatomie der Melancholie!"

Ethan lächelte sanft.

„Ich würde nicht zu streng mit ihm sein", sagte er. „Der arme Teufel ist Hals über Kopf in dich verliebt."

Der Satz weckte Erinnerungen – und ein Erröten.

"Unsinn! Er ist nur ein Junge!" Sie antwortete.

„Jungen fühlen sich manchmal ziemlich tief – für eine Weile", antwortete er. „Und nach seiner jetzigen Lesart zu urteilen, würde ich sagen, dass die Zeit noch nicht vergangen ist."

„Es ist so albern und ermüdend!" Sie sagte. „Er geht mir furchtbar auf die Nerven. Er – er seufzt – auf die herzzerreißendste Art!" Sie lachte etwas nervös. Dann folgte eine Schweigeminute.

„Clytie", begann er, „ich werde dich heute so nennen, denn ich habe mich noch nicht daran gewöhnt, dich als Cicely zu betrachten – weißt du, warum ich gekommen bin?"

„Um das Buch zurückzugeben", antwortete sie lächelnd.

„Nein, nicht ganz. Ich bin gekommen, um dich etwas zu fragen."

„Ich sollte mich geschmeichelt fühlen, nicht wahr? Es ist doch ziemlich weit von Providence entfernt, nicht wahr?"

„Vorausgesetzt, wir tun nicht so", antwortete er ernst. „Wir sind zu weit gegangen, um das zu ermöglichen, finden Sie nicht? Und ich hatte einen tollen Sommer", fügte er beiläufig hinzu. „Ich dachte – weißt du, was ich dachte, Liebes?"

„Wie soll ich?" fragte sie schwach.

„Ich dachte, du wärst Laura Devereux, und an dem Tag, als du nicht gekommen bist, bin ich zu dir gegangen und habe dich und Vincent auf der Veranda gesehen. Und danach erzählte er mir, dass er mit Miss Devereux verlobt sei, und – verstehen Sie nicht, was das für mich bedeutete? Und gestern habe ich es ganz zufällig herausgefunden und –" er streckte die Hand aus und ergriff ihre Hand mit einem kleinen Lachen purer Freude – „ Ich habe seitdem kein Auge zugetan!" Ich – ich dachte, ich würde nie hierherkommen; die Straßen waren Sumpf!"

„Oh, warum bist du gekommen?" fragte sie kläglich.

"Warum? Mein Gott, weißt du das nicht, Mädchen?" Er beugte sich vor und sie spürte seine Lippen auf der Hand, die immer noch in seiner lag.

„Ja, ja, ich weiß", rief sie. „Aber – du darfst mich nicht lieben! Das wirst du nicht, wenn ich es dir gesagt habe!"

„Versuchen Sie es!" sagte er leise.

"Ich werde. Aber – ich kann nicht, wenn du meine Hand hast."

„Wenn ich es loslasse, kann ich es dann wieder haben?" fragte er spielerisch.

„Du wirst es nicht wollen", war die grimmige Antwort. „Wenn du weißt, wer ich wirklich bin, wirst du mich nie wieder sehen wollen."

„Das ist Unsinn", antwortete er energisch. Aber ein Unbehagen bedrückte ihn.

Sie entfernte sich von der Theke, bis sie außer Reichweite seiner ungeduldigen Hände war.

„Ich wollte, dass du dich in mich verliebst", sagte sie ruhig und sah ihn mit großen Augen und weißem Gesicht an. „Ich wollte, dass du mir einen Heiratsantrag machst. Ich wollte dich heiraten."

Er streckte seine Hand ungestüm mit einem unterdrückten Wort der Zärtlichkeit nach ihr aus, doch sie hob die Hand.

"Warten! Du verstehst es nicht! Ich – ich habe mich nicht um dich gekümmert. Ich hatte es satt, arm zu sein und – und das!" Sie ließ ihren Blick durch die kahle und stille Bibliothek schweifen. „Früher hatten wir Geld", fuhr sie schnell fort. „Wir lebten damals in Ohio, als Vater noch lebte. Dann kam ich nach Osten, um aufs College zu gehen. Dort habe ich Laura kennengelernt. Wir waren fast sofort Freunde, obwohl sie in der Klasse vor mir war. Ich bin nie fertig geworden, denn mein Vater ist gestorben und hat uns fast ohne einen Cent hinterlassen. Ich verließ das College und Lauras Vater sicherte mir hier eine Arbeit. Ich habe fleißig gelernt und letztes Jahr wurde ich zur Bibliothekarin ernannt. Dann kam Mutter nach Osten, um hier bei mir zu leben. Laura war immer nett. Als mein Urlaub kam, besuchte ich sie dort im The Larches. Dann hast du – ich habe dich getroffen."

Sie hielt inne und senkte den Blick.

„Ja", sagte er leise. "Und dann?"

„ Du hast gesagt, du hättest etwas Eigentum und du – du schienst nett und freundlich zu sein. Ich hatte das Ganze so satt. Ich wollte – oh, weißt du? Ich wollte Geld haben, genug, um irgendwo anders als hier in diesem Grab, das sie eine Stadt nennen, anständig zu leben. Es war mir egal. Ich habe es mir zum Ziel gesetzt, dich – wie mich – zu machen. Genau dafür bin ich jeden Tag dorthin zurück zum Pool gegangen, bis –"

"Also? Bis?" drängte er und lächelte zu ihr herüber.

„Das ist alles", antwortete sie.

„Und es war alles reine Söldnerarbeit? Du hast dich nie um mich gekümmert?"

„Ich habe es dir gesagt " , antwortete sie.

„Und – an diesem letzten Tag, Liebes? Es war das Gleiche? War es dir damals auch egal?"

„Oh, was spielt es für eine Rolle, was danach passiert ist?“ sie weinte aufgeregt. „Es war das, was ich getan hatte, verstehst du? Es war die Gemeinheit, die – die Schande daran!“

„Na ja, aber dieses ‚Danach‘? Was ist damit?“

„Nichts“, antwortete sie bestimmt.

Für einen Moment herrschte Stille. Sie sahen einander fest an, und sie begegnete seinem Lächeln trotzig. Dann kroch die Farbe von der Kehle bis zu den Wangen und ihr fielen die Augen zu.

„Liebes“, sagte er sanft, „es ist mir egal, was davor und danach passiert ist.“ Ich habe dich vom ersten Moment an geliebt, aber ich werde es dir nicht verübeln, wenn du länger brauchen würdest, um meine unwiderstehlichen Reize zu entdecken. Hör auf damit, ich bin stolz, dass du mich trotz meines Geldes für eine Heirat wert gehalten hättest! Aber „danach“, Liebes? Als ich dich geküsst habe? Du kannst mich nicht glauben machen, dass es damals keine Liebe gab, Cicely. Und es ist immer noch „danach“ und wird es immer sein! Lieber, Arcadia wartet auf Sie. Der Lotuspool ist einsam ohne dich. Und ich auch, Cicely, liebe Cicely!“

„Oh, ich wusste, dass du versuchen würdest, mir zu vergeben", weinte sie kläglich. „Deshalb wollte ich nicht, dass du kommst. Denn nach einer Weile würdest du dich erinnern und –"

„Cicely!"

„Und du würdest mich hassen!"

„Cicely! Schau mich an, Liebling! Ich möchte, dass--"

Leise Schritte erreichten sie. Der blasse Jüngling kam näher, die Arme voller Bücher. Ethan biss sich auf die Lippe und verstummte.

„Ich bitte um Verzeihung, Miss Hoyt, aber würde es Ihnen etwas ausmachen, mir …"

Ethan trat auf ihn zu.

„Hier", sagte er hastig, „hier ist genau das, was Sie suchen." Es ist überhaupt kein Problem." Er drückte dem Jugendlichen die „Liebessonette aus den Portugiesen" in die Hände und drehte ihn sanft, aber bestimmt von der Theke weg. Der Jugendliche schaute von dem Buch zu Ethan.

„Woher – woher wussten Sie das?" stammelte er verärgert.

„Egal wie, mein Junge. Du hast es. Entlangrennen."

Nach einem Moment der Unentschlossenheit, vieler schweigender fragender Blicke und düsteren Misstrauens schritt der Junge wieder leise davon. Ethan sah Cicely an und sie lächelten zusammen. Dann sank sie in ihren Stuhl am Schreibtisch und lachte hilflos und weinte auch ein wenig. Und Ethan sagte kein Wort, bis sie das Taschentuch an ihre Augen drückte und sich wieder zu ihm umdrehte. Dann,

„Wirst du zu deinem Lotusbecken zurückkommen, oh Clytie?" fragte er leise.

„Wäre es bei diesem Wetter nicht ziemlich kalt und feucht?" fragte sie mit einem leicht zitternden Lachen.

„Ich werde es mit Dampf erhitzen lassen", antwortete er ernst. „Ich war gestern dort, Clytie, und ohne dich sah es sehr verlassen aus, Liebes."

"Du warst da?" sie fragte verwundert.

"Ja. Ich habe vergessen, es dir zu sagen, oder? Die Lärchen gehören mir, mein Lieber, und der Lotusteich soll ein Leben lang dir gehören, wenn du mich ab und zu neben dich unter den Bäumen am Ufer setzen lässt. Wirst du?"

Sie senkte den Blick.

"Wirst du?" er wiederholte.

Sie kam mit gesenktem Kopf näher und legte ihre Hände mit den Handflächen nach oben auf die Eichentheke. Er nahm sie und zog sie zu sich. Sie blickte ihn mit rosigem Gesicht an und ihre violetten Augen schossen ängstlich in Richtung Lesesaal. Ethan hielt inne und sah nachdenklich aus.

„In schönen Bibliotheken", sagte er, „haben sie sogenannte offene Magazine. Ist das hier so?"

Sie schüttelte den Kopf.

„Aber – es könnte Ausnahmen geben?"

„Das könnte sein", antwortete sie leise.

„Und glauben Sie, der Bibliothekar würde mir erlauben, eine Ausnahme zu machen?"

Sie nickte, errötete und provozierte.

Er drehte sich um, ging zum Ende der Theke und schob das Schwingtor beiseite. An der Tür des Stapelraums blieb er stehen.

„Ich möchte“, sagte er, „das Buch der Mythologie finden, in dem die Liebe von Clytie und Vertumnus erzählt wird .“ Könnten Sie mir zeigen, wo ich es finden kann?“

Sie warf einen Blick zum Eingang des Lesesaals. Dann folgte sie ihm.

„Ich glaube“, murmelte sie, als ihre Hand sich in seine schlich, „ich glaube, es ist in der hintersten Ecke.“

Ihre Schritte verklangen im Betongang. Aus dem Lesesaal war das Geräusch eines sanft gedrehten Blattes zu hören. Dann war es in der Bibliothek sehr still.

www.ingramcontent.com/pod-product-compliance
Lightning Source LLC
LaVergne TN
LVHW042204190726
843493LV00006B/1814